情熱的な口づけが、初心な琉璃を翻弄するのはたやすかった。身体の力が抜け、桧室の胸に痩身をあずけるばかりになる。

娼《しょう》館《かん》のアリス

妃《ひめ》川《かわ》 螢《ほたる》
ILLUSTRATION：高《たか》峰《みね》 顕《あきら》

娼館のアリス

LYNX ROMANCE

CONTENTS

娼館のアリス

プロローグ

　都心のビル群を一望できる高層階のオフィスからの眺めは、いわゆるステイタスと呼ばれるものになんら価値を見出《みいだ》せないでいる男にとって、ただの景色以上のものではなかったが、それが社員のモチベーションに繋《つな》がるのであれば意味もある。

　オフィスの立地を含めた労働環境に経常利益が左右されるのは疑いようのない事実で、だがそれは基幹事業が軌道にのっているからこそ。自転車操業では、そんな数字は見込めない。

　一代で己の城を築き、経済界に名を知らしめても、満足という言葉とは程遠い。ひとときの優越感に浸っていられるほど男は浅はかではなかったし、組織のトップとして無能でもなかった。

　控えめなノックの音がして、「失礼します」と秘書がドアを開ける。

「社長、お客様が――」

　皆まで言わずとも秘書の表情から訪問相手を察して、男は「帰ってもらえ」ともはや何度目かしれない断りを返す。だが今日はどうしたことか、敏腕秘書の反応が鈍い。

「それが――」

敏腕秘書らしからぬ恐縮した様子の理由はすぐに知れた。受付で止めたが突破された……ということらしい。

「お邪魔させていただきますよ」

秘書を押しのけるようにして執務室に入ってきたのは、洒落《しゃれ》た中折れ帽を手にした品のいい老人だった。スーツの左襟には金の向日葵《ひまわり》。塗装の禿《は》げたそれが、老人の積み重ねてきた経験値を物語っている。

「先生……」

困りますよ……と、手にしていた万年筆を置く。

「坊ちゃまのお顔を拝見するのも、なかなか難儀ですからな。多少の無茶はお許しいただきたい」

秘書の彼を責めないでやってくださいと頭を下げる。

「その呼び方はやめてくれ。私は有栖川《ありすがわ》家の人間ではない」

「有栖川の遺産を継げるのは、もはやあなただけなのです」

すでに何度か交わされたやりとりではあった。そのたびに男は断り、痺《しび》れを切らした老弁護士がとうとう乗り込んできた、というわけだ。

前回までは使いの者を立てていた。それが門前払いを食うこと数回、自分が出向くよりないと思ったらしい。

しかたなく老弁護士をソファへと促す。長年名家の顧問弁護士を務めてきた法曹界の重鎮は、臆《おく》することなく腰を下ろした。そして、早々に口を開く。

「あなたは紛うことなき、有栖川の後継者なのですよ」

「母は勘当された身だ。父との結婚も認められなかった。その時点で有栖川家との縁は切れている」

亡き祖父の遺産相続について相談したいと連絡を受けたのは少し前のことだった。

自分と有栖川家との繋がりを、知らなかったわけではない。母は父と駆け落ちしたことを包み隠さず話してくれたし、両親に万が一のことがあったときには祖父を頼りなさいとも言っていた。

だが、父が亡くなったときも、母が亡くなったときも、祖父は連絡ひとつ寄越さなかった。

駆け落ちした娘を許せないのだろうと想像するのは容易だったが、病床に伏せる娘の顔を見にくることもなく、葬儀に顔を出すどころか弔電ひとつよこさなかった祖父を、男は血の繋がった祖父だと思ったことはない。

母の手前、酷《ひど》く言うことをしなかっただけで、心のなかではずっと憎んできた。母の死で、その憎しみはゆるぎないものとなった。そんな相手の遺《のこ》したものなど、引き継げるわけがない。

「敞之《たかゆき》さん」

「私は桧室《ひむろ》敞之です。有栖川敞之ではありません」

桧室は父方の姓だ。この名前で、ゼロから事業を興し、経済紙に取り上げられるほどに成長させたのだ。

桧室のかたくなな態度に、老弁護士はひとつ息をつく。だが、腰を上げるわけではなかった。

「こちらに目を通していただけますかな」

老弁護士に引く様子はない。年季の入った書類カバンから一冊のファイルを取り出し、桧室の前に滑らせた。見るようにと促してくる。

見る気はないと首を横に振ると、今度はファイルを開いて差し出してくる。

「先生……」

「見るだけでも。五分と時間はかかりますまい？」

さすがの老獪《ろうかい》さに、折れるよりなかった。

しかたなく手にとって捲《めく》るうちに、見る見る桧室の眉間《みけん》に深い皺《しわ》が刻まれる。どうせ遺産目録だろうと思っていた桧室の想像の範疇《はんちゅう》外の内容が、そこには記載されていた。

「……？　なんだ、これは？」

これが遺産のひとつだと？

「ほかの財産は相続放棄されても構いません。ですがこれだけは、お引き受けいただきたい」

老弁護士が、深々と頭を下げる。

勘弁してくれと言っても、白髪頭は上がらない。

「冗談だろう？」

驚きも通り越して呆《あき》れた。政財界に顔の利く人物だった祖父の人となりがわからなくなる。

「娼館《しょうかん》……？」

桧室に促されてファイルを手にとった秘書が目を瞠《みは》る。

どうしろというのだ？　というのが、ようやく頭を上げた老弁護士から真相を聞かされた桧室の正直な気持ちだった。

1

こんな場所に？　というのが、桧室の第一印象だった。

郊外の山奥にひっそりと……というならわかるが、高級住宅街の一角に建つ、広大な敷地を有する白い洋館——通称《蔓薔薇《つるばら》の家》。

その名のとおり、外壁を真っ白な蔓薔薇に覆われ、敷地を取り囲む外塀にも色とりどりの蔓薔薇。古めかしい門扉を抜けると、曲がりくねったスロープがつづく。その両側にも薔薇の植え込み。門扉から本館の玄関まで、徒歩なら大人の足で十五分以上かかるのではないだろうか。

元は旧華族の屋敷だったものを、数十年前に周辺の農地ともども買い取って広げ、増築改修を繰り返したのち、今に至る。

知らなければ、これが娼館だとは、誰も思うまい。

客を選んでいるとはいえ、豪勢なことだ。

「この敷地だけでも相当な資産価値があります。赤字になるのも当然です」

管理維持費を考えるとため息しか出ないと、一歩後ろに立つ秘書がウンザリと言う。まったくだと思ったが、頷《うなず》くにとどめた。

桧室を乗せた車が車寄せに滑り込むと、執事服に身を包んだ痩身《そうしん》の主が腰を折って出迎えた。老弁護士から渡されたファイルにあった、この館《やかた》の支配人だ。

「ようこそいらっしゃいました、オーナー」

柔和な面差しの支配人は、まだ若い。ファイルに記載された生年月日から逆算すると、二十代半ばだったはずだ。その歳《とし》で彼は、この館の事業と人材に関して、すべての責任を負っているのだとファイルにはあった。

「支配人の卯佐美《うさみ》と申します」

この館で働く者には、完璧《かんぺき》な礼儀作法が仕込まれているという。接客の見本となるべき支配人も例外ではないらしい。

新オーナーの初来訪とあって、緊張しているかと思いきや、さすがにここを仕切っているだけのことはある。落ち着いた様子だ。

「桧室だ」

アポイントはとってある。

「秘書をしております、宇條《うじょう》です」

見分するかのように、銀縁眼鏡《めがね》の奥の涼やかな眼差《まなざ》しを眇《すが》める。卯佐美の表情がわずかに引き攣《つ》ったように見えた。

秘書の宇條の長所であり短所でもある。睨《にら》んでいるつもりはないのに、睨んでいるように見える。桧室が直接威嚇《いかく》するわけにもいかない相手と対峙《たいじ》するときには有効だが、怯《おび》えさせる必要のない相手をおびえさせてしまうことも多い。卯佐美は耐えたほうだろう。

「ご案内させていただきます。どうぞこちらへ」

玄関を入ると、吹き抜けのエントランスホール。両翼の階段には赤い絨毯が敷かれ、凝った彫刻の施された手すりは美しい艶《つや》を放っている。

天井には、もはやこれを作れる職人はいないのではないかと思われる繊細な細工のシャンデリア。かなり大きなものだ。

正面には芸術的価値を感じさせるアンティークのステンドグラス。

そこかしこに絵画や骨董《こっとう》の壺《つぼ》が並べられるような下品さはなく、壁にかけられているのは一枚の風景画。百号以上あるだろうか。この館を描いたものであることはひと目でわかるが、かなり古いものに見える。

無駄に華美なら即座に改修を申しわたそうと思っていた桧室だったが、その必要はなさそうだと判断する。

卯佐美に案内されたのは、来客用に設けられている一室だった。ここで契約を交わしたり、ホストと対面させたりするのだろう。

他の客とは絶対に顔を合わせない配慮、機密性、サービスの質の高さ。そういったものが評価されて長くつづいてきたとはいえ、経費がかさみすぎて赤字経営では事業として意味がない。この手の商売は水ものの利益が上がるのが普通ではないのか。

こういった場所の世話になった経験のない桧室には理解しがたいが、金を余らせた連中が湯水のように貢いでいるのだろうと思っていた。だが、ふたを開けてみればもう二十年以上も赤字つづき。いったいなんのために危険を冒してまでこんな施設を経営しているのかと亡祖父の行動を訝《いぶか》るばかりだ。聞き及ぶ限り、事業の才のない人ではなかった。結局相続することになってしまった他の事業の資料からも、それは明らかだ。

「私は客ではない。施設を案内してくれ」

それとも見せないつもりか？　と卯佐美に問う。

「いえ、決してそのような……」

するとドアをノックする音がして、「失礼します」と声がかかる。卯佐美が「どうぞ」応じると、ティーセットの載ったワゴンを押して、小柄な少年が部屋に入ってきた。

見覚えのある顔だった。

この館の資料で見た顔だ。

白い小作りな顔の中心で長く濃い睫《まつげ》に縁どられた大きな瞳《ひとみ》が印象的だ。手足が長く、肩も腰も、まだまだ少年の華奢《きゃしゃ》さを残している。

アイドルとしてメディアに出ていても不思議はない容貌《ようぼう》だ。――が、この館に所属する男娼たちのなかでは、ごく標準的な容貌であることも、資料に目を通した桧室にはわかっている。ここには、芸能人など足元にも及ばない美貌の主が何人も所属しているのだ。金を余らせたジジイどもが逆上《のぼ》せるのに充分な品ぞろえ、と言えばわかりやすいかもしれない。

桧室がスッと目を細める。確認しなくてはと思っていた事案自らが早々に目の前に現れてくれたのは僥倖《ぎょうこう》だが、直接目にすると違和感だけが頭を擡《もた》げる。

「彼はアリス。前オーナーのお世話を担当していました」

桧室の眉間に刻まれる皺が深くなる。

――世話、か……。

胸中で毒づいて、ひとつ嘆息。

「源氏名で呼べと？　自分の口で本名を名乗れ」

怒ったわけではない。ぞんざいな言葉に滲《にじ》むのは、やれやれだ……という呆れと疲れ。

自分に向けられた言葉だとは思わなかったのだろう、アリスと紹介された少年は、お茶の準備をしようとしていた手を止めて、きょとんっと桧室を見やる。

「……え？　あ、あの……？」

直接客と口を利いてもいいのかと、卯佐美にうかがう顔を向ける。焦《じ》れた宇條が「聞こえなかったのですか？」と冷淡に聞こえる声で「答えなさい」と促した。

途端少年は、薄い肩をビクリッと震わせて、泣きそうな顔になる。怯えさせてどうする……と思ったが、宇條の眉間に刻まれる皺が、憤りからくるものではなく、怯えた様子を見せる少年の反応に対するものだとわかっているために、指摘はしなかった。先にも述べたとおり、宇條には怯えさせているつもりはない。

「有栖川琉璃《るり》です」

完全に怯えきった様子で首を竦《すく》めた少年だったが、懸命に桧室の目を見て、震える声で名乗った。

「琉璃？」

少年ではなくボーイッシュな少女だったのか？　いや、資料にはたしかに「男」の欄にチェックマークがついていた。頭のてっぺんからつま先までためつすがめつして、胸もないな……と確認する。

桧室の視線に耐えかねたのか、少年の白い頬《ほお》がカァ…ッと朱に染まった。

その顔でエロジジイどもに取り入っているのかと、不本意ながら納得させられる。子どものくせに妙に艶っぽい。

「前オーナーが亡くなられたことで、この子には今、パトロンがおりません。オーナーに引き継いでいただきたいのですが、こちらも相続のうちに入っていると思ってよろしいのでしょうか？」

琉璃に「お茶を」と指示してから、卯佐美が確認をとってくる。

「……いいだろう」

少し考えて、そのほうがいろいろと都合がよさそうだと判断した。お茶の用意をしていた少年が、いくらか頬をゆるませる。食いっぱぐれずに済んだと思ったのだろう。

こぽこぽとティーカップに紅茶を注ぐ音。花のような甘く熟した果実のような香りが漂う。

カチャカチャと茶器がこすれる音が気になって、チラリと少年のほうに目を向けると、少年は真剣な眼差しで、ティーカップに紅茶を注いでいた。そんなに緊張するようなことだろうか……と、怪訝《けげん》に感じた理由は、直後に知らされることとなった。

桧室と宇條のための二客のティーセットを載せたトレーを手に、少年がソファをまわり込む。桧室の傍らに立って、片腕で支えたトレーから一客ティーカップをローテーブルに下ろそうとして、バランスを崩した。

桧室が「え？」と目を見開いたときには遅かった。

「わ……わ……っ！　あぁ……っ!?」

「……!?」

少年が悲鳴とともに、二客のティーカップになみなみと注がれていた紅茶をぶちまける。もろにそれを被《かぶ》ったのは、当然のことながら桧室だった。

桧室の上を転がったティーカップは、幸いなことにソファの上に落ちて無事だった。銀製のトレーは派手な音を立てて床に落ちたものの、曲がっても凹んでもいない。

だが、二客分の紅茶を、桧室は頭から被るはめになった。

「社長……!?」

驚いた宇條が腰を上げて、サッとハンカチを取り出す。桧室はそれを片手で制した。

「焼け石に水だ。ハンカチを汚すことはない」

そう言って、滴る紅茶をよけるように、落ちてきた前髪を掻《か》き上げる。

熱湯ではなかった。琉璃が準備に手間どっていたのが幸いしたらしい。

「あ……あ……僕……」

少年は真っ青になって立ち竦んでいる。

「もうしわけございません。――アリス、タオルを」

卯佐美が冷静な声で少年に命じた。――が、少年は動けないでいる。

桧室は仕方なくひとつ息をついて、固まる少年の手を捕った。細い身体《からだ》がビクリ…と震える。

「落ち着きなさい。私は火傷《やけど》も怪我もしていない。タオルを貸してもらえるか」

ようやく桧室の声が鼓膜に届いた様子で、大きな瞳をひとつ瞬く。それから握られた手に気づいてカッと頬に血を昇らせ、次いで「す、すぐにお持ちしますっ」と部屋を駆け出していった。

「失礼をいたしました。すぐに部屋を用意いたしますので、そちらでシャワーとお着替えを」

言いながら、卯佐美がワゴンの下段に用意されている真っ白なタオルを取って桧室に差し出してくる。

一枚を受け取って、「おまえは？」と宇條に確認をとる。被害が及ばなかったようで「私は大丈夫です」と渋い顔で宇條が頷いた。

「ずいぶんといい教育をされているようですね」

この娼館で働くホストたちには、完璧な礼儀作法が仕込まれているという話ではなかったのか？との宇條の指摘に、卯佐美は恐縮して、今一度「申し訳ございません」と頭を下げた。

「あの子はちょっとそそっかしいところがございまして……これまで前オーナーのお世話しかしてきませんでしたので、ほかのキャストに比べて少し……」

ここでは男娼のことをホストではなくキャストと呼ぶらしい。

「よろしいのですか？　そんな甘いことで」

宇條の追及は容赦ない。桧室は「もういい」と片手でそれを制した。

宇條の憤りとはうらはらに、桧室のほうは少年の青い顔をみた瞬間に、まぁいいか……という気持ちになっていた。

そんなことよりも、少年の戻りが遅いことのほうが気にかかる。怖くなって逃げ出したか、それとも廊下の隅で泣いているのか。

「彼を――」

卯佐美に探してきてほしいと言おうとしたところで、少年が騒々しいドアの開閉音とともに駆け戻ってくる。

「お待たせしました!」

飛びつくように桧室のところにやってきて、大判のバスタオルを広げた。卯佐美と宇條が驚きに目を瞠るまえで、桧室は大きなバスタオルを頭からかぶせられてしまう。

「……!?　アリス!?」

さすがの卯佐美も驚いた様子で声を荒げた。

「何を……っ」

激しかけた宇條を、桧室はため息をつきつつ制した。そして、バスタオルから顔を出す。支配人に叱《しか》られ、宇條にきつい一瞥《いちべつ》を向けられた少年は、またも青い顔で固まっていた。今度こそ泣きそうな顔で、大きな瞳が潤んでいる。

これではこちらがいじめているようではないか。宇條にしても不本意だろうが、パニクった子どものやることに、目くじらを立ててもしょうがない。

胸の前でぎゅっと握られた白い手にそっと手を重ねて、大丈夫だからと言い聞かせるように軽く揺する。

「部屋に案内してくれるか」

シャワーを浴びて着替えたいと言うと、少年――いや、琉璃はコクリと頷いた。

「すぐにお着替えを届けさせます」

宇條が携帯電話を取り出すと、それを卯佐美が止めた。「ご用意がございます」と言って、「いつもの部屋を使いなさい」と琉璃に指示を出す。それに頷いて、琉璃は「こちらへ」と先立って歩きだした。

「どういうことです？」

宇條の剣呑《けんのん》な声での問いに、卯佐美は「オーナーをおもてなしするために必要な情報ですので」と、冷静に返す。

そのやりとりを背後に聞きながら、桧室は琉璃の細い背を追った。懸命な横顔が紅潮している。桧室の視線に気づいたのか、振り返ってニコリと微笑《ほほえ》んだ。

有栖川琉璃が《蔓薔薇の家》で暮らすことを選んだのは、父親が残した借金の返済と、母の入院費を捻出《ねんしゅつ》するためだった。

両親が仕事先から戻る途中の自損事故だった。父は即死、助手席に乗っていた母は、事故以来病院のベッドに寝たきりになり、目を覚ますことなく、昨年逝《い》った。前オーナーやキャスト仲間の支えがなかったら、琉璃は生きる目標を見失っていただろう。

今は、ともかく前オーナーの恩に報いることこそが、自分の生きる道だと考えている。

ともかく、当時、中学に上がったばかりだった琉璃には、状況を把握するだけで精いっぱいで、身を守る術《すべ》などあるはずもなかった。

そんなときに、ひとりの老人に声をかけられた。それが、蔓薔薇の家の前オーナーだった。

この先どうしていいかわからず、病院の中庭のベンチで茫然《ぼうぜん》と空を見上げていたときのことだ。お洒落なおじいさん、というのが琉璃の抱いた第一印象だった。

たぶんあのとき前オーナーは、琉璃の置かれた状況を、医師か看護師から聞いてすでに知っていたのだろう。

はじめは、同じ苗字《みょうじ》だという話がきっかけになって、他愛《たわい》無い世間話をした。

翌日にまた同じ場所で声をかけられて、また他愛無い話をした。

三日目に、またベンチで空を見上げていたら、また声をかけられて、ようやく「どうしたね」と訊《き》かれた。琉璃は、父が亡くなったことと母の意識が戻らないことを話し、父の借金と母の入院費をどうしていいかわからなくて、ここで茫然としているしかないのだと打ち明けた。

「ごめんなさい、こんな話して、おじいさんには関係ないのに」

肩を落として詫《わ》びる琉璃に、老人は「泣かんのか」と尋ねた。

あとになって考えれば妙な問いだが、このときの琉璃は淡々と言葉を返していた。

「う…ん、どうしてか、出ないんだ、涙」

父を逝ったときも、ひとりで母の意識が戻らないと医師から聞かされたときも、今と同じで、琉璃は「そうですか」と呟《つぶや》いただけだった。

父との対面に付き添ってくれた警察官も、母に診断を下した医師も、奇妙そうな顔をして、けれどそれ以上は何も言わなかった。琉璃が精神的負荷に耐えかねて、少しおかしくなったと思ったのかもしれない。

老人に訊かれて、そのときのことが思い出された。そうしたら、なぜか笑いがこみ上げた。

ヘンだよね……と微笑むと、「無理に笑わなくていい」と言われた。唐突に、じわじわと瞼《まぶた》の奥が熱くなる感覚を覚えた。

——……え?

頬を何かが伝うのを感じて、手をやる。指先が濡《ぬ》れているのを見て、ようやくそれが涙であることを理解した。

「……っ」

堰《せき》を切ったかのように涙があふれた。

ベンチで膝《ひざ》を抱えて泣きじゃくる琉璃の横で、老人は何も言わず空を見上げていた。

陽《ひ》が傾くまで、琉璃はベンチから動けなかった。その間ずっと、老人は琉璃に付き合ってくれた。

老人の代理人だという人物が、何枚かの書類を手に琉璃を訪ねてきたのは、この三日後のことだった。

父の借金を清算したうえ、母の入院費を捻出する術があると聞かされた。

いくつかの条件を提示された。

そのなかには、法律に触れるのでは？　と思われるものや、大きな声では言えないものも含まれていたけれど、琉璃はそれを指摘しなかった。

琉璃に泣いてもいいのだと言ってくれた、泣いている間ずっと付き添ってくれていた、老人の温かさだけが琉璃の判断基準となった。

騙《だま》されているのなら、それでもいいと思った。

自分はそういう星のもとに生まれたのだと諦《あきら》めて、母と一緒に父のところへ逝けばいい。そんな諦めにも似た気持ちもあった。

両親の事故から今日までに、子どもながらに世間の冷たさを知ったがゆえの達観だったのかもしれない。

書類にサインをしたその日から、琉璃は《蔓薔薇の家》で暮らすことになった。それまで通っていた公立中学から私立の学園に転校して、まずは勉学に励むようにと言われた。

すぐに働かされるものと思っていた琉璃は肩透かしを食った気分で、老人に尋ねた。それでは施しを受けているようだ、と。すると老人は、高校を卒業したら、返済の方法を選べばいいと言った。それまでは《蔓薔薇の家》の仕事を手伝うだけでいい。

「手伝い？」

「おまえさんの仕事は、ここの雑用と儂《わし》の話し相手だ」

雑用にはちゃんとアルバイト代が出るという。老人の話し相手というのも、《蔓薔薇の家》のキャストとしての仕事の範疇だと説明された。

琉璃には、頷く以外にできなかった。《蔓薔薇の家》のシステムを正しく理解したのは、もう少しあとのことになるけれど、それでも出ていこうとは思わなかった。

たしかに、パトロンとそういう関係にあるキャストもいる。それを目的に訪れる客も多い。でも、それればかりではない。それが《蔓薔薇の家》の特徴だ。ほかを知らない琉璃には比べられないけれど、後ろ暗さより人間的繋がりを感じる。

キャスト仲間は誰も皆、前向きで、将来の展望を持っていて、いつかここを出てオーナーに恩返しするのだと語っている。琉璃も、同じ気持ちだった。

借金と母の入院費を返済できる人間になるために、勉強も頑張ったし、支配人に勧められるままにあれこれと習い事にも奮闘した。高校卒業を目前にしたいまも、努力の真っ最中だ。

そんな琉璃にとって……いや、《蔓薔薇の家》に身を寄せる全員にとって、前オーナーの訃報は信じがたいものだった。この先どうなるのか……という不安以上に、前オーナーともう会えない事実に打ちのめされた。

悲しくて悲しくて、瞼がパンパンに腫《は》れるまで泣いた。

前オーナーは、琉璃にとっては家族同然の人だった。琉璃だけではない。《蔓薔薇の家》に身を寄せる皆が、そう思っていたはずだ。

みんなみんな、前オーナーのことが大好きだった。恩を感じて言うのではない。前オーナーが愛情を注いでくれたぶんだけ、いやそれ以上に、みんな前オーナーを家族として愛していた。

事後処理に奮闘していた老弁護士から、前オーナーの孫が引き継ぐことになったと聞かされたときは、誰もがホッと安堵《あんど》したものだ。――が、新オーナーの意向如何《いかん》で《蔓薔薇の家》が存続されるかわからないと聞かされて、一気に不安に陥った。

そんな経緯もあって、出迎える支配人も、館に残って様子をうかがうキャストたちも、そして琉璃も、実のところ戦々恐々、今日という日を迎えたのだ。

複雑に入り組んだ廊下を進んだ先に、この館の一等客室がある。オーナーのための部屋だ。これまでずっと、琉璃はここで前オーナーをもてなしてきた。想《おも》い出の残る場所だ。

「こちらのお部屋をお使いください」

勇気を振り絞って、傍らに立つ長身を見上げる。

前オーナーの孫だと聞いているが、似たところはないように見える。端整な横顔。高い鼻梁《びりょう》と意志の強さを表す眉《まゆ》が印象的だ。眼光も鋭く、近寄りがたい雰囲気を醸している。若くして事業を成功させ、今や経済紙にも取り上げられるほどの人物なのだと聞いて納得だ。

桧室の視線が琉璃に落とされる。

慌ててドアを開け、室内へと促した。

ここで暮らすようになって五年ほど。支配人や先輩キャストたちから教えられた作法は身についている。けれど、琉璃はいつも失敗ばかりで、前オーナーは気にすることはないと言ってくれていたけれど、支配人にはもう少し落ち着いて行動するようにといつも注意されている。

いくら緊張していたとはいえ、新オーナーのスーツに紅茶をぶちまけてしまうなんて、これ以上ない失態だ。

怒鳴られることはなかったけれど、《蔓薔薇の家》を廃止すると言われたらどうしよう。なんとかして挽回《ばんかい》しなければ。

「意外と落ち着いた部屋だな」

もっと仰々しいつくりかと思っていたと、桧室が呟く。

「ここはオーナーのためにつくられたお部屋で——」

「オーナー？」

問い返す声の剣呑さに、琉璃がビクリと肩を揺らす。それを見た桧室がどこか気まずげに咳払《せきばら》いをした。

「あの……」

何か不興を買っただろうかと首を竦めると、「いい」と短い応《いら》え。気にするなと言われても、説明をつづけていいものかもわからない。

すると桧室は、琉璃の説明など無用だとばかりに、勝手にクローゼットを開け、ドアの向こうの設備を確認して、「なるほど」と頷いた。

「あとは勝手にやる。さがっていい」

「……え？　で、でも……」

支配人から世話を言いつかっているし……と躊躇《ためら》う。

「使用人にあれこれやってもらわなくては何もできない坊々育ちではないのでね。自分のことは自分でする」

クローゼットに揃《そろ》えられた着替えと、ドアの向こうがバスルームになっているのを確認して、使い勝手がわからないわけもなし、あとは適当にするからいいと言われる。取り付く島もない。

やっぱり、怒らせてしまったのだと確信した。スーツに紅茶をぶちまけるようなキャストに世話などさせられないというわけだ。

「も、申し訳ありません」

首を竦め、ペコリと頭を下げる。

「な、なにかありましたら、お呼びください」

震える声でそれだけ言って、大股《おおまた》に部屋を横切った。ドアを閉めるときに、「きみ」と呼び止められて、足を止める。

恐る恐る振り返ると、桧室は眉間に深い皺を刻んで琉璃を見ている。そして、ひとつ長嘆。

「怒っているわけではない。そんな顔をするな」

面倒《めんどう》くさそうに言う。

――……？　そんな顔？

思うわず自分の頬に手をやる。桧室は小難し気な顔でそんな琉璃を見ている。

「水をもらえるか」

シャワーを浴びたら飲めるように用意しておいてほしいと言われて、琉璃はパァ…ッと顔を綻《ほころ》ばせた。

「は、はい！」

失礼します！　と深く腰を折ってドアを閉める。

駆け出ていく細い背を見送った桧室が室内で盛大なため息をついていたことなど、琉璃に知るよしもない。

普通に話しているつもりなのだが、どうも自分の物言いは、少年を怯えさせてしまうようだ。

面倒をかけさせる必要はないと思って、世話は不要だと言ったつもりだったのだが、少年は叱られたと受け取ったらしい。

青い顔で首を竦める姿を見ていたら、まるでいじめているような気持ちにさせられて、つい飲みたくもない水など頼んでしまった。

オーナーと聞いて、亡祖父もこの部屋を使っていたのかと思ったら、つい口調がきつくなった。しかも琉璃は祖父の専属だったというではないか。

たしか資料には、父親の遺した借金と母親の入院費のために十三歳のときからここで暮らしているとあった。

だが、亡祖父にならら、情報の改竄《かいざん》はたやすいだろう。あの少年の素性が資料どおりだという保証はない。調査会社からの報告書が届くには、いま少し時間を要する。

有栖川という苗字は、そうあるものではない。桧室は、少年と亡祖父との間に血縁関係があるのではないかと疑っていた。桧室の母はひとり娘だったが、亡祖父が密《ひそ》かに愛人を囲っていた可能性は拭《ぬぐ》いきれない。

だがその場合、亡祖父がその事実を少年に語らなかった理由がみつからない。自分とは違い、自ら声をかけているのだ。

そう考えると、実父に見捨てられたまま逝った母はなんだったのかと思わされるが、責められるべきは亡祖父であって、琉璃ではない。

つい口調が強くなってしまったのは、そんな値踏みするような気持ちがあったからかもしれない。

これでは少年を怯えさせるのも当然だ。

少年に罪はない。

さっさと着替えて当初の予定をこなさなくてはならない。

スイートルームのつくりになった部屋は、贅沢《ぜいたく》な空間の使い方をしているものの、華美さはない。年代もののソファセットに執務机、壁際にはバーカウンター。さきほど桧室が確認したドアの向こうはバスルームで、反対側の壁に取り付けられたドアを開けると、そこは寝室だった。大仰な天蓋《てんがい》つきのベッドが置かれている。しかもキングサイズ。

つい眉をしかめてしまって、覗《のぞ》いただけでドアを閉める。

部屋を横切って、バスルームのドアを開けた。庭の景色が眺められる半円状のサンルームの下に大きな丸いバスタブ。ジャグジーだ。洗面所との仕切りはガラス板とレースのカーテンで、ベッドルーム同様、こちらも微妙な気持ちにさせられる。

とはいえ、背に腹は代えられない。シャワーを浴びられさえすればそれでいい。

まともに紅茶を浴びせられたスーツもワイシャツもネクタイも、もはや使い物にならないだろう。乱暴に脱いで、洗面台横の籐製《とうせい》のランドリーボックスに放《ほう》り込む。

シャワーブースに入って、少し違和感を覚えた。設備は隅々まで磨かれて、管理が行き届いているが、あまり使い込まれた印象がない。まるで久しく使っていないような……。

どうでもいいことか……と、ボディソープのボトルを手に取る。頭から紅茶を被ったから髪も洗わなくてはならない。まったく面倒な。

「無駄にブランド品で揃えているわけでもないのか……」

備品のひとつひとつを手にとって、確認する。ブランド品ではないが、それ以上の品だとすぐにわかった。

有名ブランド品というのは、ブランド料が高いだけで中身がともなっていない場合が多い。だがここで使われているのは、知る人ぞ知るこだわりの逸品ばかりだ。石鹸《せっけん》ひとつとっても、原材料まで吟味された職人の手によるものとわかる。

価値のないブランド料を支払うのは無駄だが、かといってここまでこだわる必要があるのか。経営面での見直しは大いに必要だ。

そんなことを考えながら、手早くシャワーを浴びる。

シャワーブースを出たところで、失敗に気づいた。着替えを持たずにバスルームに入ってしまった。先にクローゼットから必要なものを出しておくべきだった。

しかたない。棚に用意されているタオルを拝借してザッと湯を拭い、大判の一枚を腰に巻いてバスルームを出る。

ドアを開けたところで、さらなる失敗に気づかされた。

「……あ」

ミネラルウォーターのデキャンタとグラスの載ったトレーを手にした琉璃が、棒立ちでこちらを見ている。

桧室と目が合って、白い頬がカッと朱に染まった。

首から下げたタオルで髪を拭《ふ》いていた桧室は、それに気づいて大股で歩みよる。

「危ない」

「……え？　わ……っ」

琉璃の手から、トレーが……正確にはトレーの上のものが滑り落ちかけていた。それを下から支えると、今度は驚いた琉璃が踵《かかと》をひっかけて後ろに倒れそうになった。

「お……っと」

片手にトレー、片腕に琉璃を支えてバランスをとり、とりあえずトレーのほうをゆっくりとローテーブルに下ろす。それから琉璃の痩身を支えて、しっかりと両足で立たせた。

「きみは少し、おっちょこちょいのようだな」

支配人の言わんとしていたのはこのことかと理解する。

「す、すみませ……っ」

真っ赤な顔を伏せ、首を竦ませる。琉璃の薄い肩が震えていることに気づいて、落ち着かせようと手を置いたら、今度はビクリッと痩身が跳ねて、思わず……といった様子で顔を上げた琉璃と間近に目が合った。

ただでさえ赤い顔が、ますます赤くなる。頭のてっぺんから湯気が出るのでは？　と思わされる。なにをそんなに？　と訝って、自分の姿に思い至った。

バスタオル一枚を腰に巻いただけの、全裸に近い恰好《かっこう》だ。とはいえ、男同士で照れる理由もないだろうに。しかも琉璃はここで働くキャスト見習いだ。

いったいどういうことだと観察していると、「あの……」と蚊の鳴くような声。

「お着替えを……」

早く何か着てくれと言いたいらしい。

「……ああ」

なんとなく釈然としない気持ちに駆られつつ、言われるままにクローゼットへ。どういうつもりなのか、桧室の体格に合わせたスーツ一式のみならず、下着類まで揃えられている。この先、ここを使えと言いたいのだろうか。

そもそも自分のサイズの情報をどこから入手したのだろう。桧室は長身で手足が長く、既製品は着られないというのに。

チラリと背後をうかがったら、琉璃は背を向けて、ぎゅっと縮こまるように首を竦めている。もし

かしたら目を瞑《つぶ》っているのではないかと思われた。

世話をするというのなら、スーツの袖《そで》を通すくらい手伝えばいいものを。……と思ったが、耳たぶが真っ赤になっているのを見たら、もういいか……という気持ちになった。

着替えを終えて、「世話をかけた」と声をかける。

「あ……はい」

慌てた様子で振り返った琉璃の顔は、まだ赤い。大きな瞳を縁どる長い睫が数度瞬いた。

髪のセットまではいいかと、ひとまず手串で整えて出ようとすると、「あの……っ」と琉璃が呼び止める。

そういえば、水を頼んだだけで口をつけていなかったな……と思ったが、琉璃の用件は違っていた。クローゼットに駆けよって、一本のネクタイを取り出す。そして、桧室に差し出した。

「こちらのほうが……」

きっと似合います……と声が尻《しり》すぼみになる。桧室の顔を懸命に見返しているが、それで精いっぱいらしい。

そんなに怯えさせてしまったのかと胸中で長嘆をつきつつ、差し出されたものに視線を落とす。桧室はスーツに合いそうなものを適当に選んだのだが、勇気を振り絞って呼び止めたのだろう琉璃の気持ちを思うと、無碍《むげ》にもできなかった。

たった今結んだばかりのネクタイをほどいて引き抜き、ワイシャツの襟を立てる。

「つけてくれるか」

上体を少しかがめると、琉璃の大きな瞳が間近で瞬いた。小さな頭がコクリと揺れる。

ネクタイを結ぶ手は、不慣れではなかったが、震えていた。そこまで怯えずとも……と、さすがの桧室もウンザリしはじめる。嫌悪感からくるものではなく、嫌われたな……という肩を落としたい気分が強い。

「いかがですか？」

鏡を勧められて映す。桧室はもちろん秘書の宇條でも選ばないだろう色柄だったが、意外にも馴染《なじ》むというか、顔色を明るく見せてくれる印象だった。悪くない。

「お気に召しませんか？」

無言の桧室に、琉璃がおずおずと尋ねてくる。長い付き合いになる宇條のように表情から汲《く》めるわけではないのだから、感想は口にしなければ伝わらない。

「悪くない」

言ったあとで、もっと言いようがあったかもしれないと思ったが、意外にも琉璃は嬉《うれ》しそうに表情を綻ばせた。

「よかった……」

ニッコリと、邪気のない笑み。こんな場所で育っていながら、まるで無垢《むく》な瞳だった。

「センスがいいな」

自分では思いつかないコーディネイトだと褒めると、「勉強したので」と返される。

「勉強？」

「あ……いえ、なんでも」

客に気に入られるために、スーツのコーディネイトを学んだということか。なぜだか急につまらない気持ちになって桧室は口を引き結ぶ。傍らの琉璃が、瞳を伏せるのがわかった。

怒ったつもりも怯えさせるようなことを言ったつもりもないのだが、態度すら怖いのだと言われたらもうどうしようもない。

亡祖父との関係について、琉璃に直接あれこれ確認しようと思っていたのだが、もういい。調査会社の報告を待つほうが早そうだ。

「手間をかけた」

一応はねぎらって、部屋を出ようとする。

「え？　もう？」

帰ってしまうんですか？　と言わんばかりの反応に、思わず足を止めたのは桧室のほうだった。それにまた、琉璃が肩をビクつかせる。

「……あ。す、すみませんっ」

思ったことをうっかり口に出してしまったというように、慌てた様子で琉璃は白い手を口許《くちもと》にやった。

「いや……」

早く帰ってほしいのはそちらではないのか？　と思ったが、言ったらまた怖がらせてしまいそうな気がして言葉を呑《の》みこむ。

そこへ、ドアをノックする音。

「社長、お支度はおすみでしょうか？」

ドアの向こうから秘書の宇條の声がかかる。

「いま行く」

腕時計を確認すると、次のアポの時間が迫っていた。余計なことに時間を食われたために、かんじんの《蔓薔薇の家》の視察がろくにできなかった。仕切りなおすよりなさそうだ。

桧室がドアノブに手を伸ばすより早く、琉璃がドアを開けて「どうぞ」と促す。動作のひとつひとつが優雅さとは程遠い、子どものそれだ。だからだろう、無理やりやらされているように見える。そんなことをしなくていいと言いたくなるのは、それが原因だ。

ドアの向こうで、携帯端末を手に宇條が待っていた。すぐに応じてほしい案件があるという顔だ。

頷いて、足早に玄関へ。

「たいへんご迷惑をおかけいたしました」

車の後部シートのドアを開けて、支配人の卯佐美が優雅に腰を折る。その隣で琉璃がペコリと頭を下げた。

その頭に、ぽんっと手を置いてしまったのは、無意識の行動だった。

琉璃が驚いた顔を上げる。大きな瞳が零《こぼ》れ落ちそうだ。

だが、やられた琉璃以上に驚いていたのは桧室のほうだった。――が、それを顔に出すこともできず、ただ小作りの小さな顔を見下ろすのみ。

「……」

かける言葉を見つけられず、そのまま車に乗り込む。

車窓ごし、琉璃が戸惑った顔で瞳を瞬いている。それを視界の端に映しながらも、桧室は車に乗り込むなり宇條から渡された携帯端末に目を落とした。

車が走りだしてようやく、バックミラーに目をやる。さきほどと同じように、優雅に腰を折る支配人の隣で、子どものように深く頭を下げる琉璃の姿があった。バックミラーから消えるまで、その姿から目が離せない。

「調査報告はまだか？」

主語がなくとも、ビジネスパートナーの宇條には桧室の言いたいことが伝わる。琉璃と琉璃の両親の身辺調査の件だ。

「急がせます」

短く返す言葉の裏には、自分の口で尋ねなかったのか？　との問いがある。それどころではなかったと返せばいいのだが、桧室の口から零れたのは、愚痴にも聞こえる呟きだった。

「嫌われたらしい」

宇條が「は？」と、らしくない反応で眉根を寄せる。

「私はそんなに怖い顔をしているか？」

「……」

しばしの絶句ののち、敏腕秘書は、さらにらしくない反応を見せた。必死に笑いをこらえている。

桧室の車が見えなくなって、ようやく下げていた頭を上げる。途端、隣から叱責《しっせき》が飛んできた。

「アリス」

「はいっ」

厳しい家庭教師を思わせる卯佐美の声に、ビクリッと背筋を正す。

「礼儀作法の時間を増やしなさい」

マナーのお稽古《けいこ》時間を増やしなさいと言われる。《蔓薔薇の家》で働くキャストには、芸事からマナーまで、多くの課題が課されるのだが、琉璃はいわゆる〝緊張しい〟で、とくに礼儀作法が苦手だった。練習ではできるのだけれど、客を前にすると途端にダメなのだ。

「……はい」

すみませんでした……と詫びる。

こともあろうに新オーナーに紅茶を浴びせてしまったのだから、叱られて当然だ。桧室を目にした途端にものすごく緊張して、あんなことになってしまった。

「あの……館は大丈夫なのですか？」

新オーナーを怒らせて、ここを潰《つぶ》すなんて話にはならなかったのだろうか。

「アリスが心配することではありません」

口調は厳しいが、卯佐美はやさしい笑みを向けてくれた。

「それに、もしかすると怪我の功名かもしれません」

「……？　怪我の功名？」

どういう意味なのか、琉璃には理解できなかった。問う視線を向けても、卯佐美は答えてくれない。

かわりに、「そちらは？」と問われた。

「あなたは叱られませんでしたか？」

ふたりきりになってから桧室に叱られなかったかと聞かれて、「大丈夫です」と首を横に振る。

「ネクタイを気に入っていただけました」

桧室のネクタイを結んだときのことを思い出して、ドキリとする。素敵な人は何を着ても身に着けても素敵なのだと思わされた。

「そう。悩んで選んだものね」

お似合いになってましたよ、とコーディネイトを褒められて、琉璃は頬が熱くなるのを感じた。

「……知ってたんですか？」

内緒で揃えたつもりだったのに……。

新オーナーのことを、琉璃は事前に調べていた。経済紙のインタビュー記事に添えられた桧室の写真を穴が開くほど何度も見て、クローゼットに揃えるネクタイを選んだのだ。

「私はここの支配人ですよ」

キャストたちのことはなんだってお見通しですと微笑まし気に笑われる。心まで見透かすような視線を向けられて、琉璃は慌てて玄関に足を向けた。

自室に戻って、そっと頭に手をやる。

桧室の大きな手の感触が、まだ残っているようだった。

撫《な》でるでも、髪を梳《す》くでもなくぽんっと載せられて、離れただけの手。あれはなんだったのか。わからないけれど、すぐに離れたのがちょっと残念な気がした。

2

高校から帰ったら、習い事のレッスンを受け、客室を整え、ときには卯佐美の雑用を手伝い、その合間に授業の予習復習をしていたら、一日はあっという間にすぎる。

琉璃の一日は、結構忙しい。でも、衣食住に困らないうえ、高水準の教育を受けさせてもらえ、さらには身になる習い事までさせてもらって、感謝しこそすれ、文句などあろうはずもない。

キャスト見習いの琉璃の館での仕事は主に雑用で、キャストたちが使いやすいようにキッチンにお茶のセットを用意したり、掃除道具を整えたり、ときにはウェイティングルームに飾る花を活《い》けたりといった、裏方仕事がメインだ。

前オーナーが亡くなってからは、接客に出ることもない。現オーナーである桧室の来訪にすぐに対応できるように、専用ルームは常に整えているけれど、桧室はあれっきり、姿を現さない。

――やっぱり怒らせちゃったのかな……。

キッチンでジノリのティーセットを洗いながら、考えるのは桧室のことだった。ここのところ毎日そうだ。

経済紙の記事で顔を知る以前から、琉璃は桧室のことを前オーナーから聞いていた。名前も何をしている人物なのかも前オーナーは言わなかったけれど、離れて暮らす孫がいるという話だけはしてくれていた。

どうして一緒に暮らせないのか、尋ねることはしなかった。何か深い事情があるのだろうと想像するだけだった。ただ、一緒に暮らせない孫のかわりに、自分を可愛がってくれるのかもしれないと考えることはあった。

そんな経緯もあって、桧室と前オーナーの話をしたかったのだけれど、先日はとてもそんな雰囲気ではなくて……。

――なんか、不機嫌になってたし……。

オーナーという単語を出すと、桧室が不機嫌になるような気がした。支配人なら、何か知っているだろうか。

考えに耽《ふけ》っていた琉璃は、キッチンのドアを開けた人物に気づかなかった。

「手元がおぼつかないぞ」

割ったら支配人の雷が落ちるぞ……と声をかけてきたのは、ホスト部門でナンバーワンの売上を誇るキャストだった。高額な契約料が取れる専属契約はしない主義を貫いているにもかかわらずのナンバーワンは、過去に例がないらしい。支配人の幼馴染だと聞いている。

「ユウキさん……」

ナンバーワンと聞いて誰もが納得する美貌の主は、見かけによらず気さくな性格で、兄貴肌で面倒見もよく、キャスト仲間からの信頼も厚い人物だ。

「手元、気をつけろ」

まずはティーカップを置くようにと言われて、そのとおりにする。

「あ……はい」

ジノリの手描きの逸品だが、《蔓薔薇の家》で使われる陶磁器のなかでは比較的安価なうちにはいる。もっと高価なものは、琉璃には触らせてもらえない。先日、桧室に紅茶を出すときに手元が震えたのは、実のところそのせいもあった。あのとき使っていたのは、一客が何十万円もするセーブルの逸品だったのだ。

「集中しないと、また失敗をやらかすぞ」

新オーナーに紅茶をぶちまけた話が伝わっているらしい。

「支配人から聞いたんですか？」

「ナオが眉間に皺を寄せてたからな」

支配人をファーストネームで呼ぶことが許されるのは彼だけだ。とはいえ、支配人自身は納得していないようで、改めるようにと注意を受けている姿をよく見かける。

するともうひとり、冷蔵庫を漁《あさ》りにきたらしい痩身が、話に加わる。

「アリスがまたドジやらかしたって？」

気だるげに話に入ってきたのは、ユウキと双璧をなすナンバーワンキャストだった。

「ドジって……」

そうですけど……と口を尖《とが》らせる。

「アサギさん、いま寝起きですか？」

もう夕方ですよ？　と言うものの、キャストたちにとっては昼夜逆転生活はさほどめずらしいことではない。

「だってあいつ、朝まで帰らねぇんだもん。しつこいっての」

冷蔵庫を開けてよく冷えたミネラルウォーターのボトルを取り、直接呷《あお》る。支配人が見たら「お行儀が悪い」と眉を吊《つ》り上げそうだが、そんな姿も艶っぽくて、琉璃はいつも見惚《みほ》れてしまう。

ドリンク類はすべて接客部屋に揃えられているのだけれど、気分転換にくるキャストは意外と多いのだ。

妖艶《ようえん》な美貌がウリのナンバーワンだが、ユウキとは部門が違っていて、男娼としてあるひとりの客とすでに長く専属契約をしている。どうして身請けしてもらわないのだろうかと皆で不思議がっているのだけれど、当人たちにしかわからない何かがあるようだ。

「で？　ボウヤは大人にしてもらったのかい？」

アサギの白い指が、琉璃の頤《おとがい》をくいっと持ち上げる。見分するように間近でマジマジと見られて、琉璃はカッと頬を赤らめた。恥ずかしいのと、アサギの美貌を間近に見たドキドキと、両方だ。

「……え？　そ、そんな……っ」

オーナーは着替えて帰られただけです……と、尻すぼみになる。嘘《うそ》は言っていないはずなのに、この動揺はどうしたことだろう。

「揶揄《からか》うなよ。アリスはまだデビュー前だぞ」

ユウキがアサギを諫《いさ》める。

アサギは長い黒髪を掻き上げながら、「もうすぐ十八歳だろ？」と話をつづけた。

「誕生日を迎えたら、どのみち、客をとるのか別の方法で返済するのか、選ばなきゃならないんだから」

それが《蔓薔薇の家》の決まりではないかと言う。

「アリスは、前オーナーの元で跡取り修行するんだと思ってたけどな」

前オーナーには、そもそも琉璃をアリスとしてキャストデビューさせる気などなかっただろうとユウキが言う。琉璃にはなんと返すこともできない。

「ジイサン、ポックリ逝っちまったからな」

新オーナーはどうなのかと尋ねてくる。アサギの先のセリフは、アリスの身を心配してのものだったようだ。

「わかりません。あれっきり、いらっしゃらないし……」

怒らせてしまったのだろうかと、まさしくいま考えていたところだったと吐露する。琉璃は館の心配をしているつもりだったのだけれど、ユウキとアサギの反応は違っていた。

「妙に残念そうじゃないか」

「……え？」

「アリスのそんな顔、はじめて見るな」

「そんな、って……？」

長い睫を瞬《またた》くと、アサギがニッコリと微笑んだ。彼がこういう表情をするのは、悪戯《いたずら》を思いついたときだ。

「気に入ったんなら買ってもらえばいいじゃないか。たっぷり契約金ふっかけてさ」

自分みたいに……と斜に構えて言う。

琉璃の頬が、カッと焼きついた。

しどろもどろになる琉璃を愉快そうに眺めるアサギに、ユウキがウンザリと忠告する。

「おまえね……もう少し素直にならないと、そのうち捨てられるぞ」

可愛げのないことばっかり言ってるんだろう……と腕組みをする。

「できるもんならやってみろっての」

違約金をがっぽりとふんだくってやるだけだと、アサギは変わらず強気発言。そのアサギに、ユウキが「ほかの客をとる気なんてないくせに」とボソリ。

「なんか言ったか？」

「なにも」

睨むアサギに、肩を竦めて飄々《ひょうひょう》としているユウキ。

「初恋を引きずってるやつに言われたくないね」

「初恋をこじらせてるやつよりはマシだな」

アサギは眉を吊り上げているが、ユウキのほうは悠然と構えている。

ふたりは仲が悪いわけではない。キャスト仲間たちは皆仲がよすぎて言葉をオブラートに包まないから、傍《はた》から見ると喧嘩《けんか》しているように聞こえることがままあるのだ。でもみんな仲間想いで、強い絆《きずな》で結ばれている。

キャスト同士はライバルではあるものの、ギスギスした競争はない。それはすべて、前オーナーがひとりひとりに目をかけてくれていたからだ。そして支配人の手腕によるところも大きい。

「アサギさん、なんで身請けしてもらわないんですか？」

「……え？」

この際だからと訊いてみる。「ずーっと専属なのに」と指摘すると、珍しくアサギの頬が朱に染まった。

「べ、べつに……っ、お子ちゃまなアリスが考えなくていいんだよっ、そんなこと！」

ミネラルウォーターのペットボトルをダストボックスに放り込んで、背を向けてしまう。その背をきょとり……と見送る琉璃に、ユウキが「アリスにもそのうちわかるさ」と苦笑を寄越した。

「……？」

そのうち？

頭上に盛大なクエスチョンマークを飛ばす琉璃に小さく笑って、「新しいオーナーに可愛がってもらえるといいな」とユウキも背を向けてしまう。

コクリ……と頷いていた。

キッチンの壁に備えつけられた内線電話が鳴って、応じると支配人からだった。

「オーナーがいらっしゃいます」

準備してくださいとの指示。

トクリ……と胸が高鳴った。

調査会社が作成した報告書を受け取ったのは、移動の車中でのことだった。

「正確をきしたためにお時間をいただきました、とのことです」

宇條から渡された封筒のなかみは、予想外に分厚かった。冊子状にされた報告書と一緒にデータを収めたメディアも添付されている。

ひととおり目を通して、「そうか」と頷く。

結論から言えば、琉璃と亡祖父との間に血縁関係はなかった。たまたま同姓だったということのようだ。——が、そうなるとますます、亡祖父が琉璃に入れ込んでいた理由がわからなくなる。よもや本気でいずれは男妾《だんしょう》にする気だったなどとは言うまい。

「ホッとなさるかと思っておりましたが」

「それほど狭量ではないつもりだが……」

万が一琉璃が亡祖父の血を引いていたなら、そのときは亡祖父の遺したものは、琉璃が受け継げばいいと思っていた。当初に相続を拒んだとおり、桧室には祖父の遺産に執着はない。

すると宇條は眼鏡のブリッジを押し上げて、「そういう意味ではございません」と返した。言いたいことは多々あるが、口にする気はない様子。

「……？」

なんだ？　と尋ねても、応えはない。かわりに、話を先に進めようとする。

「学校の成績は大変優秀なようです」

「ああ、そのようだな」

亡祖父は、もしかして跡取りとして育てるつもりだったのだろうか？　それならばなぜ、遺産相続を自分に託したのだろう。たしかに琉璃にはまだ、後継人が必要だが……。

「今現在のナンバーワンふたりも使えそうですが、当人にその気がないようですね」

支配人には今後事業を任せるつもりでいるが、調べたところ今現在ナンバーワンの売上を誇るキャスト二名も、学生時代はかなり優秀で、客を取る以外の返済方法を選ぶことが可能だったと調査報告にあったのだ。

宇條は、キャストひとりひとりについても、顧問だった老弁護士から提供された資料に載らない細部まで事前に調査を命じていた。事後報告で調査報告書を受け取った桧室は、やりすぎではないかと思ったが、とくにこの二名についての報告内容には、調べた意味があったと思っている。

「客を取るほうが返済は早く済むからな」

返済を終えた時点で、当人に選択させる手もある。あるいは、キャストを気に入っている身請け先に持っていかれるかもしれないが……。

「いいパトロンに巡り合えたのなら、客を取るのもひとつの選択肢でしょう。有能ならなおのこと、パトロンのほうにも投資する意味がありますす」

《蔓薔薇の家》が単なる娼館と言いきれない理由がここにある。

たしかに、資料に目をとおすかぎり、見目のいい若者ばかりが集められているが、それだけではないのだ。一部、経営者視点でひじょうに食指をそそられる、有能な人材がいる。ある意味ここは、将来性のある若者を集め、教養を施し、力あるパトロンを見つけさせるための場、と言えるのだ。

「表向き娼館となっているのは、そのほうが客が集まるからでしょう。金払いもいいでしょうし」

表向きとは言っても、政財界の一部の選ばれた人間たちの間でのことだが。

その客も、亡祖父の目で厳選されていたらしく、ただ愛人を囲いたいだけのような人物はいないようだ。一部問題のある会員もいないことはないと支配人は言っていたが、そのあたりはこれからもっと厳しく篩《ふるい》にかけるよりほかないだろう。

まったく亡祖父は、足長おじさんにでもなったつもりだったのだろうか。だとしたら、もっとほかにやりようがある。

――娼館などと……。

少年たちを商品にするなど、桧室にはどうあっても受け入れられない。かといって、たしかに政財界とのパイプは捨てがたい。そのあたりを今後どうしたものか……。

「ところで、本当にこんなものでいいのか？」

傍らに置いた小箱を取り上げて、宇條に再三の確認をとる。途中のパティスリーで購入したケーキの箱だ。

「あなたはオーナーなのですから、高価な贈り物でキャストのご機嫌をとる必要はありません。それで充分です」

「それはそうだが……」

「琉璃さんは、甘いものが好物だと資料にありました」

桧室も目を通したはずだと言う。たしかに目にした記憶がある。

先日、むやみに怖がらせてしまった詫びに何を持参したらいいだろうかと宇條に相談したら、返ってきた答えがこれだった。

通りがかりに雑誌などでもよく取り上げられる有名店があるというので買い求めたのだ。

琉璃の資料の好物の欄には「甘いもの」としか書かれていなかったから、色とりどりのケーキのなかから人気の品を適当に詰めてもらった。高校生なら食欲も旺盛《おうせい》だろうと思い、箱に入るだけと言ったら、どうやら六つばかり収まったようだ。

これが手土産として妥当かどうか、桧室にはわからない。

過去を振り返っても、交際相手の機嫌すらろくにとったことがないのだ。どんな相手とでも長続きしない原因が自分にあることはわかっている。結局のところ桧室にとって、ビジネス以上に興味をそそられる対象はないということだ。これまでずっとそうだった。

小学生くらいの子どもも相手ならともかく琉璃は高校生だぞ……と思うものの、かといって他に案があるわけでもなく、結果として宇條の言うとおりにするよりほかない。

《蔓薔薇の家》では、先日と同じように支配人の卯佐美が出迎えた。琉璃と話がしたいと言うと、まるで客のような扱いで、先日着替えに使った部屋に案内される。

支配人には、宇條の口から今後の経営方針などについて、話をすることになっている。キャストひとりひとりとも、順次面談をする予定だ。

この場所の秘密を守ることが大前提であるがゆえに、面倒な手順を必要とする。相続した他の事業のように、これまでの経験から直観的に決裁を下すことはできない。

有栖川家のためではない。顧客のためでもない。すべては《蔓薔薇の家》に身を寄せる少年たちのためだ。

少年たちは亡祖父の身勝手の犠牲者だと、桧室は考えていた。

琉璃がお茶の準備をして部屋のドアを開けると、桧室は中庭に向いた窓の前に立って、外の景色を見ていた。

「お待たせいたしました」

押していたワゴンを置いて傍らに立つ。紅茶かコーヒー、どちらがいいかと尋ねるまえに、ローテーブルを促された。

「……え？」

そこには、白い箱。ケーキ用のものだとすぐにわかる。

「甘いもの、好きなのだろう？」

「あ……はい」

大きな瞳を戸惑いに瞬く。「僕に……？」と呟くと、桧室は「ああ」と頷いた。

「ありがとうございます！」

嬉しくて、思わず声が高くなってしまう。桧室が少し驚いた顔をするのを見て、「すみません」と首を竦めた。

「いや……気に入ったのならよかった」

窓辺を離れた桧室が、ソファにゆったりと腰を落とす。

「とてもうれしいです！」

このまま怒らせてしまったと思っていたからなおのこと。「開けてもいいですか？」と確認をとると、桧室は長い脚を組みながら頷いた。

賞味期限などが記されたシールには、テレビや雑誌などでも取り上げられる有名店のロゴが印刷されている。それを剝《は》がしてそっと箱を開けると、きらびやかなケーキが六つ収まっていた。

「わ……」

思わず声を上げたのは、有名パティシエの手による作品が、どれも繊細でとても美味《おい》しそうだったから。

「食べなさい」

座って食べるといいと言われる。

「コーヒーでよろしいですか？　紅茶の用意もありますが」

甘いものにはコーヒーが合うと琉璃は思うのだけれど、紅茶のほうがいいだろうかと尋ねる。桧室は「コーヒーにしてくれ」と短く返した。

琉璃のなかに、桧室の情報がひとつ書き加わる。紅茶よりコーヒーが好きらしい。

「どれになさいますか？」

ケーキを皿に移そうとして尋ねる。

「きみのために買ったものだ。全部きみが食べればいい」

「でも……」

ひとりで六つも食べられないし、ひとりで食べていても美味しくないし……。

「甘いもの、お嫌いですか？」

「いや、そういうわけでは……」

桧室の眉間に皺が刻まれる。甘いものが嫌いというより、食べ慣れないといった様子だ。

「適当に選んでくれ」と言葉が継がれて、一番甘さ控えめだろう小ぶりのムースをワゴンに用意されている皿に移した。自分には、悩んだ末に真っ赤で大粒な苺《いちご》ののったショートケーキを選ぶ。

保温ポットからへレンドのカップに注いだコーヒーを桧室のまえに。少し手が震えたけれど、今日は零したりはしなかった。胸中でホッと安堵の息をついて、自分のぶんのコーヒーをお揃いのカップに注ぎ、「失礼します」と向かいに腰を下ろす。

コーヒーカップを口に運んだ桧室は、ひと口含んで「旨《うま》いな」と呟いた。琉璃はホッと胸を撫でおろす。桧室の好みがわからなかったから、あれこれ悩んで選んだ豆だったのだ。

「いただきます」と手を合わせてからケーキの皿を取り上げる。フォークを入れるとなかから大粒の苺が顔を出した。

「……！　美味しい……！」

思わず顔が綻ぶ。向かいで桧室も、口許を綻ばせた。

桧室が笑った顔をはじめて見た。琉璃も嬉しくなる。

「好きなだけ食べなさい」

若いのだから、いくらでも食べられるだろうと言う。「じゃあ……」と遠慮なく、二個目は和栗《わぐり》のモンブランを選んだ。

それを口に運んで、「美味しい！」とまたまた感激したあとで、そういえば……と思い出す。

「あの……僕にお話って……」

話があるらしいと、支配人から聞かされていたのだ。

すると桧室は、コーヒーカップを手にしたまま少し考えて、そして口を開いた。

「祖父とは、どこで知り合ったんだ？」

フォークを置こうとした琉璃に、食べながらでいいと言う。普通に話してくれていいと言われて、琉璃は少し冷めたコーヒーでケーキの甘さを流した。

「母が入院していた病院の中庭で。茫然と空を見上げていたら、声をかけてくださったんです」

前オーナーとの出会いから《蔓薔薇の家》に引き取られるまでの経緯を、そのときの気持ちまで含めて、琉璃は求められるままに語った。

「前オーナーがいらっしゃらなかったら、僕は路頭に迷っていました。感謝してもしきれません」

琉璃の話を、桧室は相槌《あいづち》を打ちながら黙って聞く。話の合間にコーヒーのお替りを給仕しつつ、自分は勧められるままに三つ目のケーキを皿に移した。

「みんな、前オーナーには感謝しているんですよ」

琉璃は恩人の孫と話せる感激のままに言葉を紡いでいたのだが、桧室からは思いがけず冷静な指摘が返された。

「身体を売らされているのにか？」

結局は、犯罪ではないかというニュアンスだった。

「それは……でも、自分で選んだことだから、みんな納得してるし……」

無理強いされているわけではないと返す。

ユウキは、少しでもはやく借金を返済したいからだと言っていたし、アサギは契約金目当てだと言うものの、実のところそれだけではないことは、キャスト仲間内では周知だ。

「たとえ契約で繋がっているのだとしても、好きな人とだったら嫌じゃないだろうし……」

うっかり口に出してしまって、内心で慌てる。このまえユウキと言い合っていたことからもわかるように、周知の事実ではあっても、それを指摘するとアサギはすごく怒るのだ。

「……？　どういうことだ？」

「い、いいえ、なんでもっ」

誤魔化すようにケーキを頬張る。

実のところ琉璃は、アサギを羨《うらや》ましく思っていた。金と契約で繋がっているだけではないかと言われたらそこまでかもしれないけれど、大好きな人と目に見える形で繋がっていることができるのだ。

それにアサギが素直にならないだけで、パトロンの男性は彼を溺愛《できあい》していると聞いている。自分の担当客以外の客の情報をキャストは知ることができないけれど、いつだったかユウキがこっそり教えてくれたのだ。

「きみも……、いや、いい」

桧室は、何やら考えるそぶりを見せて、言いかけた言葉を呑み込んだ。

「……？　オーナー？」

もちろん、客との特別な繋がりなど欲していないクールなキャストもいる。金のためと割りきっている者もいるし、男娼など冗談ではないと言って、別の方法での返済を選択して《蔓薔薇の家》を出て行った者もいた。

考え方は人それぞれで、前オーナーはそれを尊重してくれていた。

琉璃は、学校を卒業したら、前オーナーのために働こうと思っていた。アサギのような美貌ではない自分にできるのは、そのくらいだと考えていたのだ。

「ここでの生活に不自由はないか？」

「はい。充分すぎるほどよくしていただいています」

住む場所を与えてもらって、食べることに困らなくて、学校にも通えて、これ以上を望んだら罰が当たる。

本心なのだが、桧室には「模範解答だな」と言われてしまった。気に障ったのだろうかと桧室の顔をうかがう。

「私の機嫌を取る必要はない」

「そんなつもりじゃ……本当に……っ」

本心です！　と訴えようとしたら、片手で制されてしまった。

「きみが嘘を言っているとは思っていない。気を遣わなくていいと言っているだけだ」

前オーナーにもこんなふうに接していたのか？　と訊かれて、琉璃は戸惑った。前オーナーはやさしいおじいさんのような存在で、琉璃は無邪気に甘えることができていた。けれど、桧室に対して同じように接することはできない。

そうしたいわけではないけれど、していいとは思えなかった。

「祖父とは、どんなふうに過ごしていたんだ？」

「どんな、って……」

学校でのことを報告したり、最近読んだ本や観《み》た映画の話、館の庭に咲いた花のこととか、それから……。

お茶を飲みながら、他愛無い話をして、前オーナーは琉璃との時間を過ごしていた。ときには勉強をみてくれることもあった。

「あとは……海外のお土産を持ってきてくださったり、ときどきお仕事の話も聞かせてくださいました。試験問題みたいでしたけど」

事例を上げて、「琉璃ならどうする?」と訊かれることがたびたびあった。そのたび琉璃は思いつくことを答えていたけれど、前オーナーから何が正しいと答えをもらったことはない。

「仕事、か……」

コーヒーカップを口に持っていって、それが空になっていることに気づいてソーサーに戻す。慌ててお替りを注ごうとポットに手を伸ばしたら、もう充分だと制された。

「紅茶になさいますか? 日本茶もありますけど……」

緊張は拭えないのに、もっと話をしたいと思ってしまう。それに、桧室はケーキに口をつけていない。

「いや、そろそろ……」

時計を確認して、腰を上げようとする。「もう?」と、出かかった言葉を、琉璃は呑み込んだ。

忙しい人なのだから、琉璃のために割ける時間は限られている。用がなければ、訪れることもないのだろう。前オーナーとは違うのだ。

桧室の声が聞こえたかのようなタイミングでドアがノックされ、桧室が応じると秘書の宇條がドアを開ける。

「社長、お時間が」

「ああ、わかっている」

腰を上げた桧室を、琉璃は咄嗟《とっさ》に呼び止めた。

「あの……っ」

桧室が振り返る。

「僕に、なにができますか？」

桧室のために、前オーナーにできなかった恩返しをするために、自分にいったい何ができるのだろう。

怪訝そうに眉根を寄せた桧室から返されたのは、ごくシンプルな返答だった。

「普通に高校生をしていればいい」

館の仕事は、受験勉強の邪魔にならない程度にしておくようにと言われる。支配人にもそう指示しておくと付け足された。

なんだか突き放された気持ちで瞳を落とした琉璃の耳に、思いもよらない言葉が届く。

「また来る」

思わず顔を上げていた。

「ケーキ以外に好きなものはあるか？」

出ていこうとする足を止めて、桧室が言葉をかけてくる。そんな言葉をかけてもらえるとは思わなくて、琉璃は唖然《あぜん》と端整な顔を見返すばかり。

「……お団子……」

声に出してしまったあとで、もう少し気の利いたことを言えばよかったと後悔した。

「わかった」

愉快げに口角を上げて、桧室が応じる。

そして、部屋のドアが閉じられた。

我に返って、慌てて見送りに出たものの、そのときにはもう、桧室をのせたセダンは走り出したあとだった。

桧室が、約束どおり団子を手土産にやってきたのは、この三日後のことだった。

前オーナーが、よく手土産に持ってきてくれたのと同じ店の団子だった。それを言おうかどうしようかと悩んで、琉璃は口を噤《つぐ》んだ。

3

ネルドリップで丁寧に淹《い》れたコーヒーをポットにたっぷりと用意し、今日はマイセンのカップを選ぶ。

ベルギー帰りだという桧室の今日の手土産はチョコレートで、それに合うコーヒーを選んでいたら、ちょっと時間がかかってしまった。

少し何か食べるものも用意したほうがいいかもしれない。

空港から直接来たと、秘書の宇條が耳打ちしていったのだ。桧室は疲れているのだから留意しなさいという忠言だ。

ファーストクラスならそれなりにちゃんとした食事が出るし、ゆったりとしたシートで睡眠もとれるだろうけれど、桧室のことだから寝ないで仕事をしていたことも考えられる。

「今日も来てんのか？　オーナー」

意外とマメだな……と、声をかけてきたのはアサギだった。ユウキはさっき仕事で出かけていったし、支配人は宇條に捕まっている。

「俺にもコーヒーちょうだい」

「そっちのサーバに余ってるの、飲んでいいですよ」

手を休めずに応じる。もうずいぶん桧室を待たせてしまっているから、早く部屋に戻らないと。

「さんきゅ」

残りのコーヒーを自分のマグカップに注いで、砂糖とミルクをたっぷりと注ぐ。客の前ではブラックしか飲まない癖に、アサギは実はとんでもない甘党なのだ。

「お砂糖そんなに入れて！　身体に悪いですよ」

「いーの。充分にカロリー消費してるから」

意味深な流し目を寄越す。

「カロリーの問題じゃ……」

返す言葉が尻すぼみになる。どうやってカロリーを消費しているのか……と考えて、琉璃は頬が熱くなるのを感じた。

「お子ちゃまなアリスには刺激が強かったかな」

「アサギ！」

真っ赤になって言い返しても、揶揄われるだけだ。

「オーナーも意外とカタブツだよなぁ」

アサギの呟きを聞いて、琉璃はきゅっと胸が締めつけられる感覚を覚えた。

「僕なんか相手にしなくたって、オーナーなら相手に困らないだろうし……」

美貌のアサギと平凡な自分とでは話が別だ。

「それでも手ぇ出すのが男ってもんなんだよ」

男って生き物は節操がないんだ……と、アサギは眉間の皺を深める。ちょっと機嫌が悪いようだ。

「……僕たちも男ですけど……」

ごく当たり前の言葉を返しただけなのに、ぺしっと頭をひっぱたかれた。たいして痛くはない。じゃれているだけだ。

「早くいかないと、オーナー待たせてるんじゃないのか？」

「あ、はい」

カップはちゃんと洗っておくようにと言って、慌ててキッチンを出る。

言われたアサギは当然のように、使ったカップをシンクに置き去りにした。結局あとから、琉璃が洗うことになるのだ。

部屋のドアをノックすると、応えがなかった。

「お待たせしました――」

電話中だろうか……と思い、できるだけ音を立てないようにワゴンを押して入ると、室内は静まり返っている。

「オーナー？　……あ」

桧室の姿は、窓際のチェアにあった。

身体をすっぽりとおおうかたちのリラックスチェアで、大柄な桧室でもゆったりと腰掛けることができる。

長い脚を組み、腕組みをして……。

「……寝てる」

脱いだジャケットはソファの背に放られ、ネクタイの襟元もいくらかゆるめられている。

疲れているのだな……と、琉璃はしばし桧室の寝顔に見惚れた。

桧室がここで寝てしまうのは、実は今回がはじめてではない。欧州出張に出るまえに訪ねてきたときも、同じ場所で居眠りをしていた。はじめてだったから、琉璃はすごく驚いたのだ。

桧室が三日と空けず訪ねてくるようになってしばらく、少し長い出張になるからと遅い時間にやってきたときのことだ。

出張に出るまえに日本で終わらせておかなければならない仕事が多かったのだろう。宇條に渡された資料に目を通しながら琉璃を待っているうちに睡魔に負けたらしく、顔の上に資料を広げた恰好で眠っていたのだ。

だから、桧室の寝顔を見るのは今日がはじめてだった。

いつもぴしりとした恰好をしている桧室が襟元をゆるめているのも珍しいことだし、いつもならジャケットも脱がない。

その桧室が、寝顔を曝《さら》しているのだ。

端整な顔にさす影が濃い気がする。

「疲れてるのかな……」

眉間に刻まれた皺を伸ばしたい気持ちになる。

こんな恰好で転寝《うたたね》をしていたら、風邪をひいてしまう。何かかけるものを……と探して、ベッドルームから薄手のブランケットを持ち出した。

そっと、桧室を起こさないように細心の注意を払ってブランケットをかける。肩が出ないように手を伸ばしたら、軽く触れてしまって、ビクリ……と固まる。

大丈夫だったかな……？　と視線を落としたら、桧室の瞼が戦慄《わなな》いた。

「……っ」

間近で、目覚める瞬間を目にしてしまう。

ゆるり……と見開かれた瞳の中心に自分がいた。その瞳が、ややしていくらかの驚きを浮かべる。

「あ……っ」

慌てて離れようとして、ふらついた。

咄嗟に伸ばされた桧室の手が、琉璃の二の腕を摑《つか》んで支える。その勢いのまま、桧室の上に倒れ込んでしまった。

「……っ、す、すみませんっ」

お休みのところを起こしてしまって……と離れようとする。——が、摑まれた腕が解かれないために身体を起こせない。

「あの……」

琉璃がかけたブランケットに気づいた桧室が、なるほど……と納得した様子でひとつ瞳を瞬いた。

「眠ってしまったのか」

呟く一方で、琉璃の身体が落ちないように腰に腕をまわしてくる。腕を離してくれればそれですむのだけれど……。

「お疲れなのでしょう？　ベッドで休まれますか？」

上体を起こしつつ提案すると、今度は背に回された腕が琉璃の痩身を引き寄せる。

「そうすると途端に目が冴《さ》えるものだ」

転寝だから心地好《よ》いのであって、寝ようと思って寝られるものではないと言う。そして、戸惑いを浮かべる琉璃に視線を落とした。

「ちょうどいい抱き枕《まくら》だな」

サイズ感が絶妙だと口角を上げる。

桧室が揶揄《やゆ》するときの癖だと、ここしばらくで学んだ琉璃は、「僕はぬいぐるみじゃありません」と口を尖らせた。

「私にはぬいぐるみを抱いて寝る趣味はないぞ。……欲しいのか？」

ぬいぐるみなんて単語が出てくるのは、自分がそうしたいからではないのかと笑われる。

「ぬいぐるみを抱いて寝る高校生男子なんて知りません」

むぅっと言うと、その反応こそが小学生並みだとますます愉快そうに笑われて、琉璃は「どうせ子供っぽいですっ」と拗《す》ねた口調で返した。

「高校生男子のわりに……」

「……っ！　ちょ……っ」

抱き寄せた腰のあたりを撫でられて、真っ赤になって焦る。桧室には犬猫を撫でているようなつもりしかないのだろうけれど、琉璃は違う。

「好きで細っこいんじゃありませんっ」

どうせ貧弱ですよ……と身体を起こす。今度は引き止められなかった。

心臓がバクバクと鳴っている。桧室は意外にもスキンシップ過多なタイプで、琉璃の頭を撫でたり、擽《くすぐ》ったりなんてことをよくするのだ。小さな子どものように思われているのかもしれない。

桧室が頻繁に訪ねてくるようになって、今では当初の緊張が嘘のように、普通に話せるようになった。こんな冗談を交わすようになったのは、いつごろからだったろう。桧室が二度目にお団子を持ってきてくれたときからだったかもしれない。

そのときに、琉璃はようやく前オーナーもこの店の団子が好きだったと話すことができたのだけれど、怒るかに思われた桧室は「そうか」と頷いただけだった。

それからは、手を変え品を変え、桧室は毎回違う手土産を持ってやってくるようになった。そのたび琉璃は、それに合うコーヒーを選ぶのが習慣になって、だから今日も、ベルギー製のチョコレートに合うコーヒーを選んだのだ。

「ここは居心地がいいな」

どうして転寝など……と言いたげな口調で呟く。普段は宇條以外の人間に気をゆるめた姿など見せないのだろうから、当然の感想かもしれない。

「今日は陽射しも気持ちいいですし……庭に入り込んだ野良猫も、花壇のところで昼寝してましたよ」

キッチンの窓から見えた光景を思い出して言う。

「野良猫？」

自分は野良猫と同じ扱いか？　と笑う。

「コーヒーをもらおう」

身体を休めていたチェアから腰を上げて、いつものソファへ。琉璃はふたりぶんのコーヒーを用意して、桧室の隣に腰を下ろす。この位置関係も、いつの間にかこうなっていた。

いや、桧室に言われたのだ。この距離で話をするようになってから、桧室と今のように話せるようになった。はじめは緊張したけれど、すぐに桧室の傍《そば》が心地好いとわかった。前オーナーと同じ空気を感じるからだろうか……と考えたけれど、それも少し違うように感じる。

桧室も自分と同じように感じてくれていたらいいのに……と思う。短い時間、緊張を解いて心身を休めるためだけに訪ねてくれるのでも、琉璃は嬉しいのだ。

「チョコレートに合うコーヒーを選んでみたんです」

どうですか？　とカップを取り上げた桧室の表情をうかがう。ひと口含んで、「旨い」と感想が漏れた。

「チョコレートと一緒じゃないと意味ないですよ」

「チョコはおまえが食べればいい」

琉璃のために買ってきたのだからと言う。促されてラッピングを解くと、ベルギー発の有名ブランドのクラシカルなパッケージが現れた。トレーが二段になった大きな箱に、いろいろなチョコレートが並べられている。

「すごい……」

こんなにたくさん……と感動する琉璃の一方で、「チョコならそうそう腐りはしないだろう」と桧室はコーヒーのみを味わっている。「ゆっくりと食べればいい」と言うのだ。

無駄に遠慮するより、喜んでたくさん食べるほうが桧室が喜ぶともうわかっているので、琉璃は「はい」と頷く。

どれにしようか悩んで、ナッツが載ったものを選んだ。

「……！　美味しい！」

そして、コーヒーとの味のバランスを確認する。やっぱり合う。

琉璃の満足げな表情を、横から桧室が微笑まし気に見ている。その桧室に「ひとつくらいどうですか？」と勧めてみる。食べてみなければ、コーヒーと合うかわからない。

箱の真ん中に鎮座する、赤い包みのハート形のチョコレートをつまんで、つつみを解いた。そして桧室の口許へ。

桧室は少し戸惑った顔をしたものの、言われるままに口を開いた。チョコレートが桧室の口に消える……瞬間に、琉璃は驚いて手を引いた。指に軽く歯を立てられたのだ。

驚いて目を丸くする琉璃に向けられる悪戯な笑み。またも揶揄われたとわかって、琉璃はむぅっと口を尖らせる。桧室がククッと喉《のど》を鳴らして笑った。

「オーナー!?」

「たしかに、合うな」

コーヒーとチョコレートのマリアージュの感想だ。琉璃の憤りなどどこ吹く風で、悠然とコーヒーカップを口に運ぶ。

この手を、どうしたらいいのだ。拭くのもなんだか失礼な気がするし、かといって舐めるわけにも……。

琉璃が困っていると、カップを置いた桧室がお替りを求めてくる。ポットの口に布巾《ふきん》を添えるタイミングで、琉璃は手を拭った。

「試験はどうだった?」

「A判定でしたけど……」

もう少し順位を上げられると思ったのに……と、肩を落とす。

志望大学に関してはA判定だったが、もっと点数が取れると思っていたのだ。この程度で躓《つまず》いているようでは、将来桧室の役に立てる人材になどなれない。

「わからないところがあるのか？」

「苦手なところが、少し」

でもがんばります、と肩を竦める。

「理系科目なら見てやれる」

見せてみろと言われて、琉璃は目を瞠った。

「は、はいっ」

すぐに持ってきます！　と部屋を飛び出す。キャストたちが生活する空間は別棟にあって、学校の寮のようになっている。自室に飛び込んで、テスト問題と復習したノートを持ち出した。

「これなんですけど……」

躓いているのは、数学だった。理系は嫌いではないのだが、数式を解く快感といった感覚には、到底たどり着けそうにない状況だ。

「遠回りをして解いているな」

同じ回答を得るのだとしても、至った経緯がシンプルで無駄がなく、美しくなければいけないと言われる。

桧室に教えられるままに解いていくと、琉璃がたどった経緯の半分くらいで答えにたどり着くことができた。たしかにシンプルで美しい回答だ。

「できました！」

笑みを向ける琉璃に、桧室はテキストから探し出した似た問題を提示して、「同じように解いてみなさい」と言う。注意された点に気をつけて解いていくと、今度も美しく解くことができた。

「少しコツがつかめた気がします」

問題をいくつか解いたら、今後は間違えないで済みそうだ。

「しかし、これは高校数学じゃないだろう？」

大学レベルではないのかと言われて、「そうみたいですね」と苦笑する。

だから、理系大卒のキャストに教えてもらおうと考えて、何人かに声をかけてみたのだ。

学生時代、一番数学が得意だったのは支配人だとユウキから聞いて、支配人に教えてもらおうかと考えたのだけれど、あまりに忙しそうでタイミングがつかめず、次いでアサギに聞こうとしたら、「面倒くさい」と言われてしまった。

「卯佐美くんは、宇條からあれこれ宿題を出されているからな」

いずれ経営に参画させるつもりだと言う。支配人の能力を、桧室も宇條も買っている様子だった。

いいなぁ……と、琉璃は胸中で呟く。自分も支配人のように目端が利いて、頭の回転が良ければ、桧室に目をかけてもらえるかもしれないのに……。

「今週末も試験だと言っていたな」

「はい」

「よし。じゃあ、終わったら遊園地に行こう」

「……は？」

遊園地？

およそ高校生男子を誘う場所ではないと思うが……。

「アトラクションは苦手か？　なら動物園でも……」

「いいえっ」

かぶりぎみに答えてしまって、「遊園地も動物園もどっちも好きです」と慌てて付け足す。

受験生になってからどちらも久しく行っていないが、二年生のときにはクラスメイトたちとグループで遊びに行ったりもした。

「ライオンの赤ん坊と写真を撮らせてもらえるらしい。じゃあ、動物園を先にして――」

自分のスケジュールがどうなっていただろうかと考える顔をする。

――そういうサービスって、小学生くらいまでが対象なんじゃ……。

たびたび感じることではあるが、桧室は琉璃の年齢をマイナス十歳くらいに認識しているような気がする。完全に子ども扱いなのだ。

事実、子どもなのだからしかたないか……と胸中でため息をつく。せめて恩返しができるようにならなくては。

「じゃあ僕、お弁当つくります」

楽しみにしてます、と喜びを伝える。

「それは楽しみだが……負担になることは無理にしなくていい。学生の本分は勉強だ」

「無理じゃありません。試験、がんばりますから！」

だからやらせてほしいと頼む。桧室は「好きにしたらいい」と、琉璃の頭に手を載せた。髪をくしゃり……と混ぜられる。

「そうだ！　お腹《なか》すいてませんか？　機内食、食べられました？」

何か用意します、と提案する。やはり軽食くらい、先に準備しておくべきだった。

すると桧室は、「そうだな」と頷いて、「食事に行こう」と言い出す。

「どれほど和食ブームといっても、鮨《すし》と鰻《うなぎ》は日本で食べるに限る」

腰を上げると、ネクタイを締め直す。桧室が帰宅準備をはじめたと思った琉璃は、ソファに放られたままのジャケットを取り上げた。ハンガーにかけておくことをすっかり忘れていて、一瞬焦ったものの、上質なジャケットはひどい皺にはなっていない。

桧室の背後に回って、ジャケットを広げる。それに袖を通して振り返り、桧室がいくらか上体をかがめる。琉璃が襟元を整えやすくするためだ。

「着替えてきなさい」と言われてようやく、「僕も？」と目を瞠った。

桧室が出張に出ていたあいだ会えなかったのもあって、もっと一緒にいたかったな……と寂しく思っていたタイミングだった。

「魚は苦手か？」

「いいえっ」

ぶんぶんと首を振る。うっかりクラッとしかかって、慌てて踏みとどまった。咄嗟に桧室が手を伸ばしてきて、腰を支えてくれる。

間近に見下ろす瞳が笑っている。恥ずかしくて顔を伏せると、大きな手がまた髪をくしゃり……と混ぜた。

そして、何やら思いついた顔で、「訂正だ」と言う。

「……？」

「すぐに出かけよう」

「あ、あの……？」

桧室を迎えているのだから、琉璃は外出に耐えない恰好をしているわけではないけれど、でも普段着と言えば普段着だ。やはり着替えないと……と戸惑う琉璃を他所《よそ》に、桧室が琉璃の手を捕る。

ドキリ……とした。

「……っ、オーナー？」

「外では名前で呼べ」

「……」

え？　と、口中で疑問を転がす。

琉璃の手を引いて、桧室は部屋を出る。すぐに支配人が飛んできて、「お帰りですか？」と腰を折った。

「食事に行く」

琉璃を借りるぞ……と、支配人に言い置いて、「宇條」と秘書を呼ぶ。

よくできた秘書は、「どちらに予約を？」と、店の選択を尋ねてきた。それから「車をまわします」と手配をはじめる。

「し、支配人？　あの……」

どうしたら？　と助けを求める琉璃に、支配人は「楽しんでらっしゃい」と笑みを向けてくれる。

ようやく琉璃の頬のこわばりが解けた。

「はいっ」

桧室に手を引かれて、エントランスにまわされた車へ。だが運転手の姿がない。なによりいつもの車と違う。

助手席のドアを開けたのは、桧室自身だった。乗るように促される。言われるままに乗り込むと、ドライバーズシートには桧室が。いつも運転手つきの車を使っている桧室が自分で運転するところを、琉璃は見たことがない。

「門限までにはお戻りください」

「社長が居眠り運転をしないように、気をつけてください」

支配人と宇條がそろって見送る。「ああ」と片手を挙げて返す桧室は、ウンザリぎみというか、どこか面倒くさげだ。

宇條の忠告を受けて、琉璃は浮つき気味の気持ちを引き締めた。

「あの……運転手つきの車を使ったほうがよかったのでは……」

走り出してから言っても意味がないと思いつつも、一応確認してみる。すると、予想外の言葉が返された。

「私とふたりでは不服か？」

「い、いえっ」

そういう意味じゃ……と口ごもる。せっかく誘ってもらったのに、桧室の不興を買ってしまっただろうか。

首を竦め、視線を落とす琉璃に気づいて、桧室がまた頭に手を伸ばしてくる。くしゃくしゃと撫でられて、琉璃は顔を上げた。

「いいかげん私の物言いに慣れろ」

怒ったわけではないと苦笑される。「私も気をつける」と言われて、じわじわと歓喜がこみ上げた。気遣ってもらえたのが嬉しかったのだ。

連れてこられたのは、いかにも敷居が高そうな鮨屋で、店を入ってすぐのカウンターではなく、奥の座敷に通される。そこにも小さ目のカウンターが置かれていて、掘り炬燵《ごたつ》のように足を下ろして座れるつくりになっていた。

カウンターの向こうで、大将と思《おぼ》しき職人が「お久しぶりです」と会釈で出迎える。桧室は「急に悪いね」と気安く応じる。常連らしい。

カウンターの上にネタケースはなく、かわりに白い布巾のかぶせられた木箱が並んでいる。本格的な江戸前鮨を提供する店だと桧室が教えてくれた。

「苦手なものはございますか？」

職人がやさし気な笑みを向けてくれる。

「特には……」

「ではお任せでよろしいですか」

今度は桧室に確認をとる。桧室は「ああ」と頷いた。飲み物を尋ねられて、「車なんだ」と答えるのみだ。

薫り高い深蒸しの煎茶《せんちゃ》が出され、先付など前菜が盛られた皿が置かれる。その美しさに琉璃は目を輝かせた。

「すごい……！」

美味しそう！　と素直な反応を見せる琉璃に、大将も煎茶を出してくれた女将《おかみ》も、微笑まし気な眼差しを向ける。

不躾《ぶしつけ》にふたりの関係を尋ねてきたりはしない。でも、自分と桧室は、ふたりの目にどう映っているのだろうかと、そんなことが気にかかる。

美味しいものは、人の気持ちを和ませてくれる。はじめは緊張していた琉璃も、箸《はし》を進めるうちに肩の力が抜けて、「美味しい！」を連呼しながら、あっという間に皿を平らげてしまった。

それからようやく、大将がネタを手にとって包丁をふるい、鮨を握りはじめる。

適度に脂ののった中トロに旨みののった真鯛《まだい》、職人技の光る〆鯖《しめさば》、焼き穴子、烏賊《いか》、雲丹《うに》のとろける甘さに大トロの上質な脂の満足感、厚く焼かれた玉子がまた美味しくて、琉璃はおかわりまでしてしまった。

桧室と大将に勧められるままにあれもこれもとオーダーして、いったい何人前食べたのか。デザートに出された葛餅《くずもち》にいたっては、「食べなさい」と言われて遠慮なく桧室のぶんまでいただいてしまった。それくらい美味しかったのだ。

「ごちそうさまでした。とても美味しかったです」

「おいしそうに召し上がっていただけて職人冥利《みょうり》につきます」

大将がほくほくと目を細める。美味しそうに食べる人は周囲まで幸せにすると言う女将に、桧室が頷く。

「多少は肉づきがよくなってきたか」

琉璃の手首を取って、まじまじと言う。はじめて会ったときは折れそうに細かったなどと大袈裟《おおげさ》に言われて、琉璃は膨れた。それを見た女将が、「まぁ、可愛らしい」とコロコロと笑う。

「羨ましいわ。それだけ食べても細いなんて」

女将にしてみれば褒め言葉なのだろうけど、琉璃は恥ずかしいばかりだ。もう少し鍛えたほうが桧室の好みなのだろうか……なんて考えて、ひとり赤面する。

最近になって琉璃は、そんなことばかり考えている。桧室が、そういう意味で自分に興味を持ってくれていたらいいのに、と……。

「まだまだ成長期だからな」

女将の指摘に笑って返す桧室の口調からは、子どもを案ずる父親のようなニュアンスしか感じられない。はじめのころは、それでも充分に嬉しかったのだけれど、今は胸中でひっそりと落胆するばかりだ。

ついじっと見つめてしまって、「どうした？」と訊かれてはたと我に返る。

「い、いえっ」

頬が熱い。慌てて顔を伏せる。それを見た女将が意味深に目を細めた気がして、敏《さと》い女性には自分の気持ちがばれたのではないかと焦りを覚えた。

頭にぽんっと置かれる大きな手。髪を撫でてくれる。

心地好くて、せつなかった。

帰りの車中、宇條の言いつけを守って、最初こそ桧室の運転に気を配っていた琉璃だったが、いつの間にか眠ってしまった。

睡眠不足だったわけではなく、実はデザートに出された葛餅にかけられていた梅ジュレに使われていた梅が女将特製の梅酒を漬けた梅だったのだ。火入れがされていてアルコールは飛んでいたはずだったが、下戸に近い琉璃にはそれでも強かったらしい。

そんなこととは露知らず、琉璃は桧室のぶんまで食べてしまった。桧室にとっても予想外のことだった。

ぐっすりと寝入っていた琉璃は、屋敷についたことに気づけなかった。

そっと肩を揺すられても夢の彼方《かなた》……いや、爆睡していて夢さえ見ていなかった。何度か肩を揺すられ、ようやく意識が浮上しはじめる。

「琉璃？　しょうがないな……」

遠くから桧室の声が聞こえる。頬を撫でる温かいもの。

「寝顔は子どもだな」

長嘆交じりの呟き。

違う。自分はもう子どもじゃない。もうすぐ十八歳の誕生日なのだ。そうしたら《蔓薔薇の館》の決まりでは客を取ることが許される。

桧室と正式に契約することだってできる。これまでのような後見人としての関係から、一歩も二歩も踏み込んだ関係になれる。……すべては桧室の意向如何ではあるけれど。

「オ……、ナ……」

頬を撫でる手が心地好くて、夢現《ゆめうつつ》に頬をすり寄せる。手を伸ばして、もっとこの温かさを感じたいと望む。

「琉璃？」

戸惑いを含んだ声が呼ぶ。もっと撫でてほしいなぁ……と思ったタイミングで急速に意識が浮上した。

「……っ、……ん」

長い睫を瞬く。何かが視界を遮っている。なんだろう？　と目を凝らして、驚きに呼吸が止まりそうになった。

——……っ！

間近に、桧室が琉璃を見下ろしていた。

助手席で寝入ってしまった琉璃を起こそうとしてくれているのだと、かろうじて状況を把握する。

「夢現の顔だな」

瞳を見開いてはいるものの、驚きに固まったまま身動きできなくなった琉璃を、まだ寝ぼけていると思ったらしい、桧室が苦笑した。

「大丈夫か？」と、頬を撫でられる。

その心地好さにドクリと心臓が跳ねて、そのあとで自分が何をしでかしたのかをようやく理解した。

夢のなかで何か心地好いものに向かって伸ばしたはずの自分の手が、桧室の肩にあった。まるで甘えるように首に縋《すが》る恰好だ。両腕で、桧室に抱きついている。

この腕をどうしていいかわからなくなって、琉璃は桧室の端整な顔を間近に見上げるばかり。はじめは寝ぼけているらしいと勘違いしていた桧室の表情が、やがて訝るものに変わって、琉璃はカッと頬を染めた。

おずおずと手を引く。

「す、すみませんっ、寝てしまって……」

「……いや」

「今日は、ありがとうございましたっ」

逃げるように車を降りて、出迎えに現れた宇條と入れ替わりに、大股にエントランスを潜《くぐ》った。

「琉璃さん？」

怪訝そうな宇條の声も聞こえなかったことにして、部屋に駆けあがる。ドアを閉め鍵《かぎ》をかけて、ようやく息を整えた。

顔が熱くてたまらない。

吐息がかかる距離で見た桧室の端整な顔がちらついて、眩暈《めまい》を起こしそうだ。

床にへたりこんでいたら、ドアがノックされた。桧室かと驚いて背が跳ねる。だが、安堵していいのか落胆していいのか、聞こえたのは支配人の声だった。

「アリス？　大丈夫ですか？」

オーナーはお帰りになられましたよ？　と心配げな問いかけ。琉璃はそっとドアを開けた。叱られると思って肩を落とす。

「すみませんでした。ちゃんとお見送りもせず」

支配人の雷を覚悟で詫びたのだが、予想外にもかけられたのは気遣う言葉だけだった。

「いいえ。お食事は楽しかったですか？」

「……？　は……い」

戸惑い顔を上げると、「オーナから言付けです」と微笑みを向けられる。

「動物園か遊園地か、どちらがいいか考えておくように、と」

大きな瞳を瞬いて、支配人の白い綺麗《きれい》な顔を見やる。「オーナーとの約束なのでしょう？」と言われて「そうですけど……」と返すのが精いっぱいだ。

「なら、次の試験、がんばらなくてはね」

オーナーをがっかりさせないようにと言われて、琉璃は大きく頷いた。


顔を真っ赤にして腕をすり抜けて行った琉璃を追いかけていいものか……悩んで結局、あとのフォローを支配人に任せた。

妙なことをしたつもりはなかったが……少年のやわらかな頬の感触を思い出して、桧室はひとつ息をつく。

独り身の桧室には、子どもの扱いはなかなか難しい。歳の離れた弟だと考えるほうが自然なのかもしれない。

「父親役は無理があるか……」

その呟きを耳にした宇條が、何を言い出したのか？　という顔で桧室を見る。

「なんだ？　そんなにダメか？」

亡祖父はそのつもりでいたのではないか……と考えれば、そこまで面倒を見るのが相続した者の務めだろうと思ったのだが、無理だ、似合わないと言われれば、そうだなと頷かざるをえない。

すると宇條は、濃い呆れの滲む長嘆をついて、そして眼鏡のブリッジを押し上げた。言いたい苦言をあえて呑み込むときの癖だ。

「……そういう意味ではありません」

「……？」

自分はなにか秘書を困らせるようなことをしたか？　と怪訝に思いながら、車寄せにまわされたいつもの運転手つきの車に乗り換える。

乗り込んですぐに、「こちらを」と書類の束を渡された。一枚目には、以前に琉璃について調べさせた調査会社の名前が入っている。

「……？　なんだ？」

「名簿にあった名前について、調べさせました」

前オーナーの書斎の隠し金庫から《蔓薔薇の家》で育った子どもたちの名簿を見つけたのは、少しまえのことだった。データ化されていなかったのは、万が一のことがあった場合に子どもたちの将来を守ろうとしてのことと推察できる。紙なら、燃やしてしまえば何も残らない。

桧室は、両親を顧みなかった亡祖父を怨《うら》んでいるが、すべてを否定するつもりはない。とくに《蔓薔薇の家》の経営に関して亡祖父は、娼館などという理解しがたい手段をとりながらも、引き取った少年たちを大切に保護していた姿がうかがえる。

桧室には、祖父という人がわからない。他人の子どもに差し伸べる手をもっているのなら、なぜ桧室の父母や自分にその手が差し伸べられなかったのか。考えれば考えるほどわからなくなる。

まさか、意地を張って素直に愛情を示せなかった娘夫婦と孫のかわりに、引き取った子どもたちに愛情を注いでいたなんて、わかりやすい理由ではあるまい。

桧室の言動に一喜一憂する、琉璃の反応のひとつひとつが親や家族の愛情を求めるが故のものとわかるため、接しているうちに情が移ったのだろう亡祖父の気持ちもわからなくはない。自分自身がそうだからだ。

琉璃を可愛いと思う。男娼になどさせられるわけがない。それが将来の足場になるとしても……いや、だからこそ冗談ではない。

――あの子を売り物にするなど……っ。

つい書類を握る手に力がこもってしまった。意味もなく焦りを覚えて、咳払いをする。隣の宇條がもの言いたげな視線を寄越したが、気づかないふりをした。

「何かあったのか？」

問題が発覚したのかと問う。宇條は「いいえ」と首を振った。

「とくには……ただ、念には念を、と思いまして。まだ半分ほどですが」

意外にも《蔓薔薇の家》のOBは多かった。

最近は減っているようだが、以前は里親に引き取られていく割合が多かったらしく、一時的に身を寄せていただけの子どもも多かったようなのだ。

情報漏洩《ろうえい》を避けるために、使う調査会社は常に一社に限っている。人員的にもそれほど余裕があるわけではない。このあたりは機密とスピードの兼ね合いの難しいところだ。

ザッと報告書に目を通して、桧室はそれに気づいた。

「連絡が取れなくなっている者がいるのか？」

引っ越しを繰り返しでもしたのだろうか、所在不明と記載されている者が数名。

《蔓薔薇の家》を出たあとの状況を記載した欄を見ると、身元のしっかりした里親に引き取られている。不明になるのは奇妙だ。

「まだ全員の調査が終わっておりませんので、なんとも言い難いですが、本来ありえないことのように思われます」

前オーナーの敷いていた管理体制からしても、考えにくいと宇條が見解を述べる。桧室も同意だった。

数名ほど《蔓薔薇の家》を出たあとも愛人稼業に徹している者もいる様子だが、それ以外は皆、跡取りとして引き取られていたり、パトロンだった人物の事業の中核で才覚を発揮していたりする。まさに亡祖父の計算どおりというわけだ。

そんななかでの消息不明……理由を明確にしておく必要があるだろう。

「ひきつづき調べてくれ」

桧室の指示に、「かしこまりました」と応じる。だがとうに、指示を出したあとに違いない。

書類を封筒に戻して返すと、また違う封筒を差し出される。

「それから、こちらも」

目を通してくださいと言われて受け取った封筒には、またいつもの調査会社の名前があった。宇條が間違って同じものを渡すわけがない。

封筒に収められていたのは、こちらも調査報告書だったが、もちろん先とは異なるものだった。共通しているのは、《蔓薔薇の家》に関連している点だ。

冊子状にされた報告書をめくるうちに、桧室の眉間に刻まれた渓谷が深さを増していく。最後まで目を通して、「なんだ、これは?」と宇條に戻す。

「脅迫のネタを探せと言った覚えはないぞ」

《蔓薔薇の家》の会員となっている政財界の大物たちの、世には出せない情報ばかりが列挙されている。もちろん噂《うわさ》程度のものではない。証拠も提示されている。

汚職に脱税、暴力行為、薬物使用などといった、知れれば確実に警察が出張ってくるようなものから、SMクラブ通いや乱交などといった大きな声では言えない性嗜好《しこう》まで。過去に警察上層部がもみ消したらしい事案もあれば、現在進行形のものもある。

もちろん、亡祖父は会員を厳選していたらしいから、宇條が試しに叩《たた》いてみたら埃《ほこり》が出てきたのはごく一部の会員だろう。だが、そういう輩《やから》に限って大物の部類に入るのはどうしたことか。

「万が一の場合の保険です」

宇條が、しれっとした顔で言う。

「お互いさまだと言われて終《しま》いだと思うが……」

買っているほうも売っているほうも、後ろ暗いところがある。だからこそ秘密は守られる。

それはともにメリットがあるからこそ成り立つ関係で、一方がより強い力を持ってしまったら、その瞬間に均衡が崩れる。そうなれば、たとえ損得勘定の上にであっても、一応は築かれていた信頼関係が揺らぐ。

そんなことは宇條も百も承知だ。

それでも保険をかけておこうと考えるには、それなりに理由がある。

「卯佐美くんに言い寄る輩もいるようですから、安全に留意してしすぎることはないかと」

支配人はキャストではない。だというのに《蔓薔薇の家》での絶対的なルールを無視して言い寄る不埒《ふらち》な輩がいるらしい。

桧室が眉根を寄せると、宇條は「綺麗な子ですから」と、ありえないほうがおかしいと言わんばかりの口調で返す。

「彼は——」

「ええ、接触障害でいまだ治療途中です。ユウキしか彼に触れられません」

琉璃のような華奢なタイプはどうにか大丈夫になったようですが、と説明を付け足す。

そのために、地味に見えるように、目立たないように、支配人としてのストイックさを強調しているのだ、とも……。

幼少時に母親から受けた虐待が原因だと聞いている。《蔓薔薇の家》に引き取られてようやく、卯佐美少年は心の平穏を得た。それを一番近くで支えてきたのが、同時期に引き取られ、館で一緒に育った幼馴染のユウキだ。

「さっさと強制退会させろ」

「手配します」

ロクでもない輩は、会員規約に則《のっと》って排除すればいい。ゴネるようなら、そのときこそ今手元にあるような情報の出番だ。ルールもマナーも弁《わきま》えない輩なら、叩けば埃は出まくるだろう。

こんなふうにキャストひとりひとりに気を配っていたら、それだけで陽が暮れてしまう。赤字経営にもなろうというものだ。亡祖父はこんなことを何十年もつづけていたのか。

「ところで」

宇條が今一度眼鏡のブリッジを押し上げる。薄いグラスの奥の目が、冷ややかに桧室を捉《とら》える。

「遊園地も動物園も、ありえないと思いますが」

琉璃さんは高校生ですよ？　と冷淡に一蹴《いっしゅう》されて、桧室は返答に窮した。

「……子どもが好きそうな場所だと思ったんだが……」

違うのか？　と逆に尋ねる。

宇條が大袈裟にため息をついた。

「子どもだと思いたいだけなのでは？」

いったい何が言いたいのかと眉間に皺を寄せる。だったらいったいどこへ連れていけば、いまどきの高校生は喜ぶのだ？　教えてくれればいいではないか。

「……？　なんだ？　今日はやけにつっかかるな」

年下の恋人と喧嘩でもしたのか？　と揶揄すると、軽い冗談だったのに、宇條の機嫌が急降下する。

「あなたと一緒にずっと海外だったんです。喧嘩する暇があったとでも？」

喧嘩したんだな……と納得させられる反応。俺に当たるなよ……と胸中で愚痴るだけの桧室には、宇條の言いたいことは伝わらないままだった。


宇條から出された経営面での宿題や支配人としての雑務に追われていると、気づけば時計の針は深夜近い時間を指している。ここのところずっとそうだ。

鼻腔《びこう》を擽る芳しい香りにつづいて、コトンと軽い音。視線を向ければ、傍らに愛用のマグカップが置かれている。

視線を上げると、色違いの同じマグカップを手にしたユウキが、卯佐美が向かうパソコンのディスプレイを覗き込んでいる。

「なんだ、これ？　名簿？」

こんなものがあったのか……と目を瞠る。

「ジイサン、この手のものは残さないで全部処分してたんじゃなかったのか？」

前オーナーが情報管理に気を配っていたことは、キャストたち皆の知るところだった。万が一の事態が起こらないように各所との良好な関係を築くことこそがオーナーの仕事で、前オーナーはうまく立ち回っていたと思う。

桧室がオーナーを引き継いで、卯佐美が一番心配したのはその点だった。

前オーナーは、ある意味古臭い商売のやり方をしていた。ビジネスとは人脈であり、損得勘定だけで成り立つものではないという、戦後日本を立て直した起業家に多いタイプだった。

だが桧室は違う。彼はもっと新しいタイプの実業家だ。その桧室が《蔓薔薇の家》に梃入《てこい》れをすることがプラスになるのかマイナスになるのか、卯佐美にはわからない。

「書斎の奥からみつかったらしい」

「書斎？　孫に託したってことか？」

「さぁ？　そこまでは……」

ユウキが淹れてくれたコーヒーにありがたく口をつける。卯佐美にとっては一番安心できる味だ。最近はだいぶマシになったが、幼少時はユウキの手から渡されたものしか口にできなかった。

「追跡調査をしたら、行方不明が数名いた」

「行方不明？」

自分たちも知っている面子《めんつ》か？　と訊かれて頷く。

「ジイサンのチェックが入ってるんだ。妙なことになりようがないだろ？」

「それはそうだけど……オーナーが気にしてるらしい」

宇條に指摘され、ＯＢのその後について即答できなかった自分を恥じた。これまでは、前オーナーに言われるままに支配人として務めてきただけで、自ら考えて動くことをしていなかったと気づいたのだ。

「アリスに入れ込んでるだけかと思いきや、ちゃんと仕事してたんだな」

へぇ……と、ユウキが感心する。

「ユウキ」

口の利き方に気をつけろと睨むと、肩を竦めて「本当のことだろ？」と揶揄を吐く。

「アリスが十八歳になったら引き取るつもりでいるんじゃないのか？　アリスだって、その気だろ？」

完全にオーナーに惚れているではないかと言う。それは卯佐美も同意見なのだが、オーナーのほうはどうだろうか。

「アリスが泣くようなことにならなきゃいいけど」

「尚史《なおし》？」

どういう意味だ？　とユウキが問う。「ここでは支配人と呼べ」と忠告したうえで、卯佐美は「思う強さが同じとは限らないさ」と、自分に置き換えつつ呟いた。相思相愛でも、思いの種類が違えば交わらないものだ。

「俺は、うまくいくと思うけどな」

考え込む卯佐美に、ユウキが「大丈夫だ」と軽く言う。

「おまえってやつは……」

どうしてそう楽観的でいられるのかと、卯佐美は長嘆をついた。ユウキはいつもこうだ。だがそのポジティブさが、ナンバーワンの原動力でもある。

「アリスのほうが、先にここを出ていくことになりそうだな」

ユウキが呟く。

卯佐美は、「そうだな」と頷いた。

たぶん自分が一番長くこの場所に縛られることになるとわかっている。だからこそ、琉璃のようにいいパトロンと出会えたキャストには、早くここを出て新たな人生を歩んでほしいと願うのだ。

4

遊園地か動物園か、と訊かれて、琉璃は迷わず遊園地を選んだ。

世界的なキャラクターを冠する人気のテーマパークではなく、昔からある普通の遊園地に行きたいとリクエストをした。

試験結果がよかったのもあって、桧室は「琉璃の行きたいところに行こう」と言ってくれた。琉璃が選んだのは、下町にある日本最古の遊園地。

「はじめて来たな……」

桧室は「噂には聞いていたが……」と、そのレトロなつくりに興味深々と首を巡らせる。「意外と客層は幅広いのだな」などと呟いて、はたと我に返り「すまん」と詫びてくれる。

ついビジネスモードで観察してしまったことに気づいたらしい。でも琉璃は、そんな桧室も嫌いじゃない。

朝、迎えに現れた桧室は、いつもとは違うカジュアルなジャケットスタイルで、いつものギャップに驚くやら、心臓が煩《うるさ》いやら。直視できなくて困る。

大人の男性にあこがれる気持ち半分、それとはまったく別種の感情で桧室を見ていることに、琉璃にはもうはっきりと自覚があった。

「ここでよかったのか？」と訊かれて、琉璃は「来てみたかったんです」と応じた。

「写真が残ってるんです」

自分は小さすぎて覚えてないんですけど……と、携帯端末を取り出す。写真フォルダを遡《さかのぼ》って、一枚の写真を表示させた。

古いネガ写真をデータに起こしたものだ。画像処理を施しても、どこか古臭さが拭えないのは、被写体が身に着けている洋服が時代を感じさせるからだろうか。

若夫婦と幼児が写されている。くりっとした大きな瞳が印象的な幼児は、微笑む母親によく似ていた。

両親は、たくさんの写真や録画ビデオを残していたが、そのなかでも琉璃がいっとう好きな写真だった。父母がとても自然な笑みを浮かべていて、幸せそうに見えるのだ。お宮参りなどの写真もあるのだけれど、やはりどこか緊張の拭えない顔で写っている。

「琉璃は母上似だな」

写真を見た桧室が呟く。

「そうですか？」

やっぱりそうかな……と思いながら問い返す。

「女の子みたいだ」

ククッと喉の奥で笑われて、琉璃は頬を膨らませる。

「……小さい頃は、よく間違われました」

男の子用の洋服を着ているのに、たいてい「可愛いお嬢ちゃんね」と言われた幼少時。父母は笑っていたけれど、琉璃は微妙だった。幼い子どもにも、そういった感情の機微はある。

「可愛いってことだ」

いいじゃないかと琉璃の頭をくしゃり。もう完全に桧室の癖になっている。

「じゃあ、ここで一枚撮ってやろうか」

父母との思い出の場所で撮影をしようと、琉璃を立たせ、自分は琉璃の携帯端末を手に離れようとする。その桧室を、琉璃が止めた。そして、通りがかったカップルに撮影を頼む。カップルは二つ返事で応じてくれた。

「一緒に」

そう言って、桧室の隣に立つ。

ふいにぐいっと肩を引き寄せられた。桧室が琉璃を抱き寄せたのだ。

カップルの男性が「撮りますよー」と声をかけてくる。琉璃は赤くなる頬をなだめすかして、顔を上げた。

何枚か撮影してもらって、礼を言ってカップルと別れる。立ち去り際、カップルの女性が「どういう関係なんだろうね」と彼氏の耳元に囁《ささや》くのが聞こえた。揶揄ではなく、単純な興味といった口調だった。

たしかに、自分と桧室が一緒に歩いていて、周囲の人の目にはどう映るのだろう。親子というには歳が近いし、歳の離れた兄弟というにはあまりにも似ていない。

――カップル……とか？

桧室とふたりで休日を過ごせる嬉しさしかなかったのが、急に恥ずかしくなる。一方で桧室は、「迷子になるなよ」と、琉璃の手を捕る。周囲の目を気にするそぶりもない。

――恥ずかしくないのかな？

尋ねたらたぶん、この手は離されてしまうに違いない。それが嫌で、琉璃は口を噤んだ。

「まずはジェットコースターだな」

桧室が足を止めたのは、レトロなジェットコースターだった。さしてスピードは出ないものの、建物と建物の間を抜けていくのがウリの、園の目玉アトラクションだ。国産初、日本に残る最古のジェットコースターとして知られている。

「子どものころ以来だな」

「学生のころに、デートで遊園地とか、来なかったんですか？」

「そんな可愛げのある学生じゃなかったな」

いったいどんな学生時代を過ごしたというのか。琉璃の問いたげな視線に気づいた桧室が「高校時代から夜のバイトをしていた」と答えてくれる。

「夜？　ホストとか……？」

恐る恐る尋ねると、「そんな可愛げもなかった」と、今度は苦笑された。

「愛想がないからバーテンがせいぜいだった。年齢を偽ってたしな」

だからあまり派手なことはできなかったのだと言う。大学に入ってからはデイトレードで稼ぎ、起業の元手にしたのだと、なんでもないことのように語る。

前オーナーとの関係はこじれたままだったと聞いている。桧室の過去に、その理由があるのは明白で、だからこそこれまで気安く尋ねることができないでいた。その片鱗《へんりん》だけでも、桧室の口から聞けたことが嬉しい。これからもっと、いろんなことを話してくれるようになったらもっと嬉しい。

レトロなジェットコースターのシートは桧室には小さくて、大きな身体を縮こまらせている姿が可愛かった。乗ってみたら意外にも怖くて、でも楽しくて、琉璃は終始叫びっぱなしだった。こんな大きな声を出したのは、久しぶりかもしれない。

次いで、一瞬で地上六十メートルまで上がるスペースショットで上空から園の全景を楽しみ、レールの上を巨大な円盤が滑るという一番新しいアトラクションを体験し、上空をゆっくりと巡るスカイシップで一息ついたところで、ちょうどランチタイムになった。

売店の横に、テーブルが並んでいる。平日だからか、空《す》いていた。試験休みを利用してきてよかった。週末ならきっとこうはいかないだろう。

持参した保冷バッグから、曲げわっぱの弁当箱を取り出す。前オーナーから、弁当にはこれが一番だと教えてもらったものだ。学校のお弁当にも、これの小さいサイズを持っていっている。

「風流だな」

桧室が珍しさと驚きとに目を瞠る。いまどき曲げわっぱとは……と、多少の呆れと愉快さが滲む。

「腐敗防止効果があって、お弁当が美味しくなるんですよ」

曲げわっぱの二段弁当箱には色とりどりのおかずが、竹アジロの弁当箱には塩鮭《さけ》と梅干のおむすびが詰めてある。保温ジャーには味噌《みそ》汁も。

「琉璃がつくったのか？」

弁当を広げると、桧室が感心しきりと唸《うな》った。

「館の下働きは、料理もできないとダメなんです。僕は家庭料理がせいぜいですけど、みんなはもっと上手なんですよ」

支配人は玄人跣《はだし》の腕前だし、アサギは意外にもスイーツが得意だ。ユウキの淹れるコーヒーは絶品だけれど、なかなかありつく機会がない。

そんな話をしながらテーブルに弁当を広げ、保温マグからカップに温かい焙《ほう》じ茶を注ぐ。

「どうぞ召し上がれ」と箸を差し出すと、それを受け取った桧室は、まずは曲げわっぱの弁当箱に詰められた焼き魚に箸を伸ばした。鰆《さわら》の幽庵《ゆうあん》焼きだ。

弁当用に一口サイズに揃えられたおかずは、冷めても美味しく食べられる味付けにしてある。けれど、桧室に食べてもらうのははじめてだから、琉璃はドキドキと反応を待つ。

「旨い」

しっかりと咀嚼《そしゃく》してから、桧室は驚きのこもった感嘆を零した。

「……！　よかった！」

琉璃は大きな瞳を見開き、ホーッと肩の力を抜く。

さらには、ひとつひとつ別に味付けをして盛り合わせた五目煮の蓮根《れんこん》を口にして、「出汁《だし》がきいてるな」と呟き、海苔《のり》を巻いたおむすびを咀嚼しながら頷く。最近はやりの握らないおにぎりではなく、三角形の昔ながらのおむすびだ。

冷めても美味しく食べられる裏技をつかって炊いたご飯を握っているから、硬くならずに握りたての美味しさが味わえる。

お味噌汁の具は、持ち運ぶ間にも火が通ることを考えて加熱してある。冷めても美味しいのが弁当の醍醐味《だいごみ》だけれど、でも温かいものが一品あると、テーブルが華やぐものだ。

「いい味だな」

味噌汁の味を褒められて、さらに気をよくした琉璃は、つい禁句と定めていた単語を口にしてしまった。

「オーナーのこだわりで蔵元から直接――」

途中でそれに気づいて、思わず言葉を呑む。

この場合のオーナーというのは、もちろん桧室のことではなく前オーナーのことだ。琉璃が前オーナーのことを口に出すと桧室があまりいい顔をしないことに気づいて以降、話題に上らせないように注意していたのに……。

「あ……すみません」

桧室の機嫌を損ねてしまっただろうかと、首を竦めて詫びる。視線を落として、膝の上でぎゅっと拳《こぶし》を握りしめた。せっかく遊園地に連れてきてもらったのに……。

そんな琉璃を見て、桧室が困った顔で眉尻を下げる。自分の態度が琉璃を怯えさせていると反省してのものだが、俯《うつむ》いていた琉璃はそれに気づかなかった。

「いや……」

味噌汁を啜《すす》って、また頷き、それから桧室は言葉を継ぐ。

「祖父は美食家だったのだな」

調味料にまでこだわるとは……と呆れの滲む口調。その指摘に、琉璃は少し考えて、「いいえ」と答えた。

「お味噌とかお塩とかお米とか、素材にはこだわっておいでだったけど、一汁一菜が一番健康にいいとおっしゃって、贅沢をされるようなことはありませんでした」

たぶん、引き取った子どもたちの舌を養うために、和食の基本というべき調味料にこだわっていただけで、キャストたちにも贅沢を許してはいなかった。

なかには、湯水のごとく入れ込んだキャストに金を注ぎこむ会員もいる。基本的に会員からの贈り物はキャストの私物になるのだが、それについても前オーナーはすべて報告させて、勘違いすることのないようにと注意を促していた。

引き取られたときからそうやって厳しく躾《しつ》けられて育つから、キャストたちには浮ついたところがない。どちらかというと、皆現実をリアルにとらえすぎているところがある。そんなふうに自分自身をも含めて分析していたのはユウキだ。

琉璃の前オーナー評を聞いて、桧室が「そうか」と頷く。そして、「わからないんだよ」と肩を竦めた。

「……え？」

琉璃は大きな瞳を瞬いて、桧室の言葉の真意を汲み取ろうとする。桧室は、味噌汁を満足そうに口に運びながら、これまで語ることのなかった心情を吐露した。

「一緒に暮らしたことはおろか、話したこともなかったからな。どういう人なのか、まったく知らないんだ」

遺産相続の件で弁護士が訪ねてくるまで、まったくの没交流だったという。

「実の娘を見捨てた男だとしか認識していなかった」

琉璃は大きな目を見開いて、息を呑んだ。

桧室の母が入院しても見舞いにも来ず、亡くなったときにも葬儀に弔電の一通さえ送られてこなかった。勘当された身で二度と会うことがかなわないと知りながらも、桧室の母は年老いた父――前オーナーを案じていたという。

「当然相続放棄するつもりだったんだが、《蔓薔薇の家》だけでも相続してほしいと懇願されてしかたなく……」

そんなつもりはなかったが、つい悲しそうな顔をしてしまったのかもしれない。桧室が「言葉のままに受け取るな」と苦笑する。大きな手が、琉璃の髪をくしゃり……と混ぜた。

「琉璃に会えてよかった」

優しい笑みを向けられて、琉璃は口中で驚きを呟く。

「……え？」

じわじわ……と、頬が熱くなる。

そのやわらかな頬を撫でて、桧室の手が離れた。

「俺の知らない、あの人の姿を知ることができた」

前オーナーを祖父と呼ぶことにはまだ抵抗があるようで、桧室はそんなふうに言う。蟠《わだかま》りを払拭《ふっしょく》するのは難しくても、理解しようと努めることはできる、ということかもしれない。

「僕なんかがおこがましいんですけど……」

おずおずと前おいて、琉璃は以前から思っていたことを口にした。

「お爺《じい》さまは、本当はオーナーに会いたかったんだと思います。お母さまのことも……本当は後悔されていたんじゃないかと……」

だから、自分を可愛がってくれたのではないか。本当は桧室と、自分と過ごすような時間を持ちたかったのではないか。

植物状態になった母の看病をする琉璃の姿に、自分が意地を張って手を差し伸べなかった娘の看病をしていた孫――桧室の姿を重ねたのではないか。

なぜ素直に会いにいかなかったのか、なぜ結婚を許してやれなかったのか、きっとずっと後悔しつつづけていたに違いないと、前オーナーの言動の端々から、琉璃は感じ取っていた。

自分は身代わりなのだと、わかっていた。

いや、自分だけではない。《蔓薔薇の家》に引き取られてきた子どものすべてが、前オーナーにとっては桧室の身代わり――本当の孫にしてやれなかったことを、引き取った子どもたちにしていたのではないだろうか。

だがそれでも、自分は本当の親ではない。だから養子として引き取って単純に愛情を注ぐのではなく、世間の厳しさを教え、生き抜く術を教え、そのために必要な人脈を繋ぎ、《蔓薔薇の家》から卒業させていった。

「だから……っ」

つい勢い込んで持論を展開させてしまって、琉璃は急に恥ずかしくなって言葉を呑む。そんな琉璃を、桧室は目を細めて見やった。

「琉璃はいい子だな」

弁当の野菜の肉巻きを頬張ってまた頷きながら、桧室が苦笑する。「旨いな」と、話を逸《そ》らすかに思われたが、そうではなかった。

「私はひねくれているのでね、そう素直には受け取れないが……」

そう簡単に解ける蟠りではないと言われて、琉璃は自分の考えの浅はかさを知った。家族だからこそ、難しい問題なのだ。

「……すみません」

自分がでしゃばることではなかったと反省する。

肩を落とす琉璃の姿に、桧室はまた苦笑して、「よわったな」と呟いた。

「……？」

言葉の意味をはかりかねて、琉璃は問う視線を上げる。

桧室は味噌汁の残りを口にして、「やっぱり旨いな」とまた呟いた。そうして、何かを確認しているかのようだ。

しばらく無言で食事をして、ひととおり食べ終わったところで、琉璃がおかわりを注いだ焙じ茶を飲みながら、桧室は琉璃の目を見て言った。

「琉璃が傍にいてくれたら、そんなふうに思える日が来るかもしれない」

いつかは祖父を許せる日がくるだろうか……と、苦い笑みを噛みしめる。

「……」

え？　と口中で戸惑いを転がして、琉璃はその言葉の意味を理解しようと努めた。

――傍に、って……？

桧室の傍に？

それは、言葉のままに受け取っていい誘いなのか？

戸惑う琉璃に、桧室は《蔓薔薇の家》の規約を持ち出す。引き取られるときに、琉璃も確認している条項だ。

「誕生日を迎えたら、その後どうするか、選べるのだったな」

「は……い」

十八歳までは、将来を見据えつつ養護される。そのかわりに、勉強でも芸術でもなんでもいい、将来的に《蔓薔薇の家》に利益をもたらすことができる知識や技術を身に付けなくてはならない。キャストとして客をとって人脈を繋ぐのも、そうした選択肢の中のひとつだ。

自分には、アサギのように客をとれるほどの魅力がないと思っていた琉璃は、学校を卒業したら働いてオーナーの恩に報いるつもりでいた。それ以外の手段はないと思っていた。でも……。

琉璃の疑問を肯定するものにしか聞こえない誘いの言葉を、桧室は口にする。

「私のところへこないか」

誕生日を迎えたら、桧室のもとへ……？

「それって……」

そういう意味だと受け取っていいのか？

——オーナーと……？

桧室と？　……と考えたら、バクンッと心臓が跳ねた。

カッと頬が熱くなる。

「本当はちゃんと書類を用意してから言おうと思っていたんだが……」

話の流れでつい……と、少し照れくさそうに言われて、琉璃はますます恥ずかしくなった。首を竦めて俯き加減に赤くなった頬を隠す。

その反応が拒絶してのものと思ったのか、桧室は「無理にとは言わない」と言葉を足した。

「……!?　いいえっ！」

慌てて顔を上げ、首を振る。

その反応が顕著すぎたのだろう、桧室が珍しく驚いた顔をして、そしてククッと笑いを零した。

「よかった」という呟きは、琉璃こそ呟きたいものだった。

自分のことも、前オーナーから引き継いだ遺産のうちなのかもしれない。十八歳になったら、あとは好きにしろと言われるかもしれない。そんなことを考えるたびに、悲しくなっていた。

でももう、不安になることも、寂しく感じる必要もないのだ。桧室と、ずっと一緒にいられる。

「僕で、いいんですか？」

真っ赤になりながらも、懸命に桧室の目を見て問う。本当に自分などでいいのだろうか。桧室なら、いくらだって相手を選べるだろうに。

不安を滲ませる琉璃に、桧室はなにを言い出したのかという表情で「もちろん」と頷いた。

じわじわと胸を満たす歓喜。

「うれしい……」

大きな瞳に涙を滲ませて、琉璃は桧室に微笑む。

桧室は、少し困ったような顔で目を細めて、それからまた琉璃の頭をくしゃくしゃと混ぜた。頬を撫で、眦《まなじり》にたまった涙を親指の腹で拭ってくれる。

甘える猫のように、大きな手にすり寄りたい気持ちになる。せっかく拭ってもらったのに、涙があふれて、琉璃は慌てた。

「すみま…せ……」

どうしよう……と手の甲で拭うと、「傷になるぞ」と桧室がそれを止める。そして、取り出したハンカチで涙を拭ってくれた。

「あんまり泣くと、目が腫《は》れるぞ」

それはそれで可愛いが……と言われて、「ウソです」と返した。

「やだな……みっともない……」

どんな恰好をしていても綺麗なアサギやユウキとは違うのだ。ちゃんとしていないと、恥ずかしくて桧室の横に並べない。

琉璃があまりにスッパリと言いきるものだから、桧室は「嘘を言ったつもりはないが」と呆れた顔で苦笑する。

「だって僕はアサギやユウキみたいに綺麗じゃないから……」

比べられたら悲しい。

そんな気持ちでつい愚痴る。桧室は「琉璃は琉璃だ」とやさしく微笑んでくれた。

「がんばり屋で素直でやさしくて、それに――」

なんだか褒めるところのない子どもを褒めるときに並べる単語ばかりのような気がしたが、とりあえず先を訊いてみる。

「……？　それに？」

桧室は焙じ茶を飲み干して言った。

「コーヒーも旨い」

琉璃はきょとり……と瞳を瞬いて、拗ねたように口を尖らせる。

「コーヒー……ですか？」

すかさず桧室が「弁当も旨かったぞ」と付け足して、琉璃はますますむくれた。

こんな反応をしていては、子ども扱いされるばかりだとわかっているけれど、ほかにどうしていいかわからないのだ。

琉璃の反応を、桧室は微笑まし気に見ている。いつもそうだ。小さな子どもかペットと間違えているのではないかと訊きたくなる。

その桧室が、琉璃に「うちにこい」と言ってくれた。

誕生日は来月だ。来月になったら、高校卒業を待たずに新しい生活がはじまるのだ。

「コーヒー、あるんですよ」

実は用意しているのだと言うと、桧室は「それはいい」と喜んでくれた。

「甘いものでも買ってこよう」

そう言って腰を上げた桧室が、ややして戻ってきて、琉璃のために買い求めてきたのは、園内を走るパンダカーを模した名物の焼き菓子だった。

つぶあん、カスタード、プレーンの三種類があって、「どれがいいかわからなかった」と、桧室は三個セットを買い求めてきたのだ。

さらには、パンダのイラスト入りの帽子をかぶせられて、琉璃は目を丸めた。それだけでなく、クラスの女の子たちならもしかしたら喜ぶかもしれない、パンダのストラップとTシャツまで。

「……」

琉璃が啞然としていたら、桧室が咳払いをする。

「土産に人気だと言われたんだ」

店員のセールストークから逃げられなかったということか。

世界的にビジネスを展開させる企業のトップが？　と考えたらおかしくて、琉璃はクスクスと笑いを零した。

笑ったな……と頬をつままれる。その手から逃げて、琉璃は用意してきたカップに保温ポットからコーヒーを注いだ。

「いただきます」

冷めないうちにと、パンダ型のお焼きにかぶりつく。適当にとったらカスタードクリームが入っていた。

「美味しい！」

パンダをかじるのはちょっと可哀想《かわいそう》だけど、なんだか懐かしい味がする。もしかしたら幼少時に食べたのかもしれない。

「みんなへのお土産に買っていこうかな」

キッチンに置いておいたら、休憩時間にきっと喜んで食べるはずだ。

「じゃあ、帰りにもう一度売店に寄ろう」

琉璃の提案に応じて、桧室はコーヒーに舌鼓を打つ。

「食べませんか？」

残っているのは、つぶあんかプレーンのはず。

「あ、カスタードがよかったですか？」

半分食べちゃったけど……と手元を見る。すると桧室が、おもむろに琉璃の手首を摑んだ。何を……と視線で追った先で、手にしていた残り半分のパンダ焼きが桧室の口に消える。

「……!?」

驚く琉璃の視線の先で、桧室は愉快そうに口角を上げている。「甘いな」と眉間に皺を寄せて、コーヒーを飲み干した。

桧室のカップにコーヒーのお替りを注ぎつつ、「カスタードクリームなんですから！」と、甘いに決まっているではないかと、食べる気でいた残り半分を奪われた琉璃が訴える。

しょうがないなぁ……と、手に取ったパンダ焼きを割ると、今度はプレーンだった。「カスタードほどは甘くないと思います」と、桧室の口許へ。

桧室は、一度はもう充分……という顔をしたものの、琉璃が引かないでいると、諦めた様子で口を開けた。コーヒーで流し込むようにして甘い菓子を飲みこみ、今度こそ本当にもう充分だと眉間の皺を深くする。

「美味しいですか？」

「琉璃が食べさせてくれたからな」

渋い顔で、そんなことを言う。琉璃はおかしくてしょうがない。桧室といて、こんなに笑ったのははじめてだ。

ありがたく、残りのつぶあんは琉璃が独り占めさせてもらった。

「ごちそうさまでした」

やっぱり食事は、誰かと一緒のほうが美味しい。外で食べる弁当となったらなおのこと。記憶にないけれど、父母と来たときも、こんな気持ちで幼い琉璃ははしゃいでいたのかもしれない。

「旨かった」

桧室が満足そうだと、琉璃も嬉しい。

こんな喜びをひとつひとつ、これから分け合っていけるのだと思ったら、感動で胸が痛いほどだ。

ランチ後は、ゆっくりと園内を散策して、それから園のシンボルタワーのアトラクションで上空四十五メートルからの眺めを堪能《たんのう》し、恥ずかしながらメリーゴーランドにも乗った。なんとなく幼少時に乗ったような記憶のかけらがあったのだ。

そして、この園の名物ともいえるお化け屋敷は最後のお楽しみに。

帰り際、オリジナルフレームを楽しめるプリクラコーナーに、「本気か?」と目を丸くする桧室を半ば強引に引っ張ってきて、一緒に写した。

桧室は、なんだかんだと言いながらも、琉璃の肩を抱いて、一緒に写ってくれた。

する。

桧室にはシールを貯《た》める趣味はないだろうし、貼《は》る場所もなさそうだから、自分で保存することにする。

「宝物にします」

「これからいくらでも想い出はつくれる」

シール一枚を宝物にする必要はないと、桧室が笑った。

「また来よう」

これからは、ふたりでどこにでも行こうと言ってくれる。

「次は動物園に行きたいです」

好きなほうを選べと言われて実は迷ったのだと告げると、桧室は「いいな」と頷いた。

「弁当を持って行こう」

つくるのは琉璃だが……と言われて、「もちろん」と応じる。もっともっと腕によりをかけて、桧室の好物をつくろうと決める。

「次はサンドイッチがいいですか？　それともお稲荷《いなり》さんとか？」

「どっちも捨てがたいな。よし、じゃあ動物園の次はドライヴに行こう」

「はい！」

隣に並んだら、肩に腕をまわされる。「疲れてないか？」と気遣われて、「ぜんぜん！」と首を横に振った。

「じゃあ、少し遠回りして、旨いものを食べて帰ろう」

手間暇かけた弁当の礼にはとうていならないが……と言われて、琉璃は桧室と一緒にいられるだけで嬉しいと返したかったのだけれど、恥ずかしくてできなかった。

ドライヴを楽しみつつ車で少し郊外へ走って、桧室は可愛らしいつくりの一軒家レストランの前で車を停《と》めた。

外観からフレンチかイタリアンだろうという予想に反して、店は中華料理店だった。それも、家庭的な中華だという。

夫婦できりもりする店で、シェフはご主人ではなく奥さん、フロアで接客をしているのがご主人だと紹介される。

皮から手作りする水餃子《ぎょうざ》が人気のアットホームな店だが、ふかひれの姿煮などの本格的なメニューも充実している。

主人から紹興酒《しょうこうしゅ》をすすめられた桧室は、「今日は車だから」と断った。琉璃の顔を見て、主人も納得の顔で頷く。

このまえも、桧室はアルコールを断っていた。呑めない自分はいいが、呑める桧室はせっかくの料理をアルコールとともに楽しみたいはずだ。

免許を取ろうと決める。

誕生日を迎えたら、まっさきに自動車教習所に行って、運転免許を取ろう。自分が車を運転できれば、桧室はお酒を楽しむことができる。

「どうした？」

頬が妙にゆるんでいるぞ、と指摘されて、琉璃は「イカとセロリの炒《いた》め物が食べたいです」と話を逸《そ》らす。誤魔化したな？　と指摘する視線を寄越されて、「内緒です」と微笑んだ。

免許取得を、桧室へのお礼を兼ねたプレゼントにしよう。自分が運転して、桧室には助手席で楽をしてもらうのだ。

帰ったら、さっそく支配人かユウキに相談しよう。ふたりは免許を持っているし、ユウキは仕事でも使っている。

そこへ、湯気を立てる茹《ゆ》でたての水餃子が運ばれてきた。琉璃が知るものにくらべてひとつひとつが大きい。

「美味しそう！」

もちもちの皮の水餃子には、黒酢を合わせる。小籠包《しょうろんぽう》よりも食べ応《ごた》えがあって、本場中国では餃子が主食だというのも頷けるボリュームだ。

水餃子につづいて、海老《えび》の山椒《さんしょう》揚げ、皮蛋《ピータン》豆腐、琉璃がオーダーしたイカとセロリの炒め物……と食べ進めるうちに、やはりアルコールに合う味だなと感じる。

「やっぱり、お酒呑みたいですよね」

会食で使うのかプライベートで訪れるのかは聞いていないが、いつもならかならずアルコールが添えられるのだろう。

「もう少し我慢しろ」

琉璃が呑みたいと言っていると勘違いしたらしい。桧室に「まだ早い」と言われる。その苦言は甘んじて受けて、琉璃は思いついた計画を実行に移す決意を固めた。

琉璃の言葉を誤解したまま、桧室は「酒に興味を持つ年頃か……」と呟いて、とっておきの話をしてくれる。

「二十歳の誕生日には、琉璃の生まれ年のワインを開けよう」

実は探させているのだと言われて、琉璃は「本当に？」と大きな瞳を瞬いた。

「単に生まれ年のものならいいというわけではないからな。琉璃のために選ぶ一本だ」

琉璃を引き取ろうと決めたときに、二十歳の誕生日を祝う品を探しはじめたのだと照れくさげに言う。琉璃の頬を、一筋の涙が零れ落ちた。

「本当に、明日は瞼がパンパンだぞ」

昼間から泣いてばかりだな……と苦笑される。

「だって、オーナーが……」

泣かせるようなことを言うから……と涙を拭うと、「その呼び方も——」と言いかけて、桧室は「おいおいでいいか」とは話を切った。

そこへ、最後の逸品、ふかひれの姿煮の大皿を手にしたシェフがあいさつにくる。やさしそうなお母さん、といった風貌の中年女性だった。

「あらまぁ！　桧室さんがずいぶんと可愛い子をお連れだというから何事かと思えば！　こんな若い子なんて！」

歯に衣《きぬ》着せぬ言葉でざっくばらんに笑う。

「ひとを犯罪者みたいに言わないでくれよ」

未成年略取誘拐犯ではないなどと、大仰な冗談を言う。桧室の返しにこれまた豪快に笑いながら、女性シェフは大きなふかひれの姿煮をとりわけてくれた。

「さあ、召し上がれ。ひと口で、明日のお肌はぷるぷるよ！」

女性が喜びそうな話を大きな声でしていると、新しいお茶を届けに来たホール係のご主人に、「煩くしたらお邪魔だよ」と厨房《ちゅうぼう》へと追い立てられる。夫婦のやりとりが愉快で、琉璃も楽しくなる。楽しい気持ちで食べると、美味しい料理がもっと美味しく感じられる。シェフは、きっとそれを知っているのだと思った。

そして、桧室がこの店を気に入っている理由もわかった。琉璃も桧室も、早くに亡くした家族の存在に飢えている。桧室にその自覚があるかは不明だが、きっと失《な》くした温かさを求めているのではないだろうか。

この店は、接待で使う店ではない。桧室がプライベートで訪れる店だ。

とろけるふかひれは、これまで食べたことのない美味しさだった。最後に絶品の杏仁豆腐と八宝茶をいただいて、大満足で店を出る。

帰り道、一日遊園地ではしゃいで歩き疲れたのと満腹とが重なって、琉璃はいつかのようにまた助手席で眠ってしまった。

誰の運転でも、琉璃は助手席で眠れるというわけではない。桧室の運転は安心できるから眠れるのだ。

この前は、停車した車内で目が覚めた。間近に桧室の顔を見上げて驚いて、跳ねる心臓に自分の感情を自覚させられた。

今日は、いろいろ嬉しくて楽しくて、美味しいものもいっぱい食べて、幸せすぎて、ぐっすりと寝入ってしまった。

気づいたのは、桧室の腕の中。

抱き上げて部屋に運ばれ、ベッドに寝かされる段になってからのことだった。

ごく自然に目覚めを促されて瞼を上げたら、またも桧室の端整な面が間近にあった。ちょうどベッドに寝かされるタイミングで目覚めたのだ。

寝ぼけ眼《まなこ》で見上げる琉璃に苦笑して、「また起こしてしまったか」と、自分が琉璃を起こしたと思ったらしい桧室がゆっくりと上体を離す。

「今日はもう寝なさい」

ブランケットを琉璃の肩まで引き上げ、ぽんぽんと撫でる。

桧室が腰を上げようとするのを見て、ようやく本当に目が覚めた。

「……っ」

手を伸ばして、広い背に縋る。シャツを摑んで引っ張ると、「どうした？」と桧室がベッドの端に腰を戻した。

「琉璃？」

寝ぼけてるのか？　と、頭を抱えるように薄い肩に腕をまわされる。桧室の身体に腕をまわして、ぎゅっとしがみついた。

「大丈夫だ。どこにも行かない」

だから眠りなさいと頭を撫でられる。

桧室の体温に包まれ、大きな手に撫でられるうちに、また瞼が重くなりはじめる。

「本当は、甘えん坊なんだな」

小さな子どもをあやすように、桧室の大きな手が背を撫でてくれる。

違う……そうじゃない……本当はもっと強く抱きしめてほしいのに……。

桧室のやさしい手の感触をもどかしく感じながら、琉璃は再び眠りの淵《ふち》に落ちていく。こてんっと倒れ込んできた小さな頭を胸に抱いて、桧室はひっそりとため息をついた。

腕の中の体温が愛《いと》しくて困る。

桧室のため息に込められた苦い想いは、ひとまず大人の理性の奥に追いやられた。


どうにかこうにか琉璃をベッドに寝かせた桧室が部屋を出ると、スタッフルームの前で宇條が支配人に何やら申しわたしていた。

「この件は、こちらで調査しておきます。余計なことは考えなくて結構です」

「はい」

冷ややかな美貌の主が、人形のように整った容貌の表情に乏しい青年と対峙している状況は、どうにも冷えた空気を呼ぶ。

卯佐美の奥では、ユウキが腕組みをして壁に背を預けていた。幼馴染の仕事が終わるのを待っているのだろう。

桧室に気づいた宇條が振り返ったのと、卯佐美が恭しく腰を折ったのはほぼ同時だった。

どちらも参謀気質《きしつ》であることに違いはない。頭の回転が速く目端が利く。だが宇條のほうがあらゆる面で経験値が圧倒的に高い。卯佐美は《蔓薔薇の家》から出たことがないのだから、それは致し方ないだろう。

「もうよろしいのですか？」

帰るのか？　と訊かれて、「琉璃は寝たよ」と返す。「さようでございますか」と返す宇條の口許が微妙に笑っているのはなぜだ？　この間から気にかかる。

「そっちは？　すんだのか？」

卯佐美をいじめるのもほどほどにしておけと言うと、「人聞きの悪い」と宇條が眉間の皺を深める。

「私の至らないところをご教授いただいていただけです」

卯佐美が控えめに返すが、どうにもサイボーグじみて聞こえる。彼が素の表情を見せられるのは、ユウキの前だけなのだろう。

「シミュレーションのプレゼンは、締切を守ってください」と卯佐美に告げて、宇條が桧室の傍らに立つ。

「かしこまりました」と頭を下げて桧室と宇條を見送る卯佐美の背後で、ユウキが「どうも」と目配《めくば》せを寄越した。

車に乗り込んでから、「経営シミュレーションのことか？」と確認をとる。宇條が支配人に出している宿題の件だ。

「はい。彼には才能がありますから。プレゼンを見たうえで社長に最終判断をいただこうと思います」

「さっさと任せてしまっていいんじゃないのか？」

「彼は世間を知りません。机上の理論がいかに正しくても、社会では生き抜いていけませんので」

「そのあたりの腹黒さは経験の上にしか身につかん、か」

ウッカリ呟いたら、どうせ自分は腹黒い、と言わんばかりに睨まれる。お互いさまだと肩を竦めた。

「琉璃のことだが、書類を整えてくれ」

十八歳の誕生日までに法律上必要な手続きを終わらせたいと言うと、宇條は「琉璃さんには？」と眉根を寄せた。

「今日話した」

喜んでくれた、と報告をすると、宇條が何やら考え込む。

「……？　何か問題があるか？」

手続きをするのに何か障害があるか？　と問う。宇條は、そういうことではないと嘆息した。

「琉璃さんに、どのようにお話されたのですか？」

「……ん？　うちに来ないかと言ったが？」

遊園地で弁当を食べながらの会話をかいつまんで話す。

亡祖父の意志を引き継いで琉璃を引き取りたいと告げると、琉璃は喜んで頷いた。十八歳の誕生日を迎えたら桧室のところへ来ることに同意した。

「それは……」

何か言いかけて、宇條は口を噤む。

重要な問題を指摘すべきか否か、敏腕秘書は胸中で葛藤《かっとう》し、結論として何も言わないことを選択した。そのかわりに、再三の確認をとる。

「本当によろしいのですね？」

しつこく訊かれて、桧室が怪訝そうに眉根を寄せる。

「そうする以外に、琉璃がキャストとして仕事をせずに済ませる方法はないだろう？」

高校を出たら、借金のしがらみから解放してやりたい。キャストとして客をとることなく、かといって社会に出てまで《蔓薔薇の家》との契約に縛られることもない、この選択が最良のはずだ。ほかに何か手があるとでも？

桧室が考えに考えて出した結論だ。いくつか存在する選択肢のひとつとして提案したのは、そもそも宇條ではないか。

「あくまでもひとつの選択肢としてご提案申し上げたつもりでしたが……」

桧室の選択が気に食わない様子で、それでも「わかりました」と応じる。

「では早急に、養子縁組の手続きを進めさせていただきます」

琉璃は、有栖川の姓を捨てることになる。もっと嫌がるかと思っていたのだが、すんなりと頷いたのは、桧室には意外だった。

「子ども部屋をつくらなくてはな」

自宅に琉璃の部屋をつくらなければ。それとも琉璃が通う大学の近くに引っ越そうか。

「大学生になろうかという少年は、子どもではありません」

どうして気づけないのか……と、宇條がもどかしい苦言を呈する。桧室は目を背けていたい事実を指摘されたような顔をして、それから車窓に視線を逃がす。

「……ああ、そうか」

そうだな……と、呟く。

「だが、父親にとって息子は子どもだ」

あたりまえのことを、己に言い聞かせるかのように言って、車窓に視線を向けたまま押し黙る。

琉璃は喜んでいた。

だったら、それが一番の選択肢だ。

それ以外に何がある？

どうしたものかと思い悩む秘書が、傍らでひっそりと呆れの滲むため息をついても、桧室は眉間に深い渓谷を刻んだまま、車窓をぼんやりと眺めるばかりだった。

昼間見た琉璃の笑顔と、別れ際の愛らしい寝顔とが視界にちらつく。

「今日、言うべきではなかったか……」

早まっただろうか……と呟いたのは無意識で、声に出していたことに、桧室は気づけなかった。

5

　またも寝落ちしてしまうなんて……と、遊園地に行った翌朝、琉璃はベッドの上でひとしきり落ち込んだものの、「誕生日は盛大にお祝いをしよう」と桧室からメールをもらって、あっという間に浮上した。

　が、つづく文面で、「急な海外出張が入ってしばらく行けないが、誕生日にはプレゼントを持って行くから、いい子でいるように」と書かれているのを読んで、また肩を落とす。

　桧室に一喜一憂させられる自分が情けないやら恥ずかしいやら。しばらく会えないのなら、やっぱり昨夜ちゃんと「おやすみなさい」を言いたかった。

「『土産にほしいものがあったら言うように』、って……出張先書いてないし」

　行き先がわからなければ、土産のリクエストもないだろうに。

　こうした、桧室の意外な一面が見えてくるのが、琉璃は嬉しかった。「ワインに合う美味しいものを探してきてください」と、誕生年のワインを探してくれていると言った桧室の言葉を思い出してレスを書く。時差がわからないから気遣いようもなく、向こうが真夜中でないことを祈って送信ボタンを押した。

桧室が出張から戻るまで、余裕があるようでない期間だ。さっそく今日から準備をはじめなくては。学校の勉強はおろそかにできないけれど、桧室のものになるために、知っておかなくてはならないことがある。

朝、卯佐美に相談があると持ちかけると、学校から帰ったら声をかけるようにと言ってくれた。じりじりとした気持ちで一日の授業を終えて、遊びに行こうというクラスメイトたちの誘いを全部断って、琉璃は帰宅した。

卯佐美は、琉璃のためにスケジュールを空けておいてくれた。手ずから紅茶を淹れてくれる。「ユウキがお客さまから特級品をいただいたので」と紅茶の出自を教えてくれた。

ユウキは支配人のためにもらってきたのだろうに……自分がいただいてもいいのだろうか。琉璃が躊躇を見せると、「鮮度が落ちてしまっては、いいお茶も美味しくいただけませんから」と、卯佐美が微笑む。一同開封したお茶はできるだけ早く飲みきる、というのは鉄則だ。

美味しい紅茶をいただいて、それから琉璃は、意を決して申し出た。

「キャストの研修をしたいんです」

必要なことを教えてくださいと頭を下げる。

ユウキもアサギも、そうしてデビューしたはずなのだ。

「……オーナーから申し出があったの？」

卯佐美が、怪訝そうに問う。そんなことがあるわけがないというニュアンスに聞こえて、琉璃は視線を落とした。

「誕生日を迎えたら、うちへおいでって言ってもらいました」

だから「はい」と答えたのだと報告する。

「館の評判を落とすようなことのないようにがんばります。だから許可をください」

「許可もなにも……」

琉璃がそうしたいのなら、誰も反対はできないと言う。それが《蔓薔薇の家》の決まりだ。それを聞いてホッと安堵した。

「あと、誕生日を迎えたら、車の免許も取りたいんですけど……こっちはオーナーに内緒で」

プレゼントにしたいのだと身を乗り出す。卯佐美は「それはいいけど……」と話を戻した。

「宇條さんに確認をとります」

すべてはそれからだと言う。

桧室の申し出なのに？　と首を傾《かし》げると、「書類関係はすべて宇條さんが手配しているはずだから」

と言われた。

「当日の支度については、アサギに教えてもらいなさい」

ほかには？　と確認されて、琉璃は「えっと……」と口ごもる。どうしようか……と悩んだものの、真っ赤になりながら消え入る声で尋ねた。

「僕、もう少し、どうにかできませんか？」

「……？　どうにか？」

言葉の意味がわからないと、卯佐美が首を傾げる。

「アサギみたいにはなれなくても、せめてもうちょっとマシに……」

手段は不明だけれど、もう少し磨いたら自分のような地味な子でも、もう少しなんとかならないだろうかと、首を竦めた。

「オーナーに、何か言われたの？」と訊かれて、「いいえっ」と慌てて首を振る。

「でも、少しでも隣に並んで恥ずかしくないようになりたくて……」

桧室が恥をかかないように、少しでも綺麗でいたいと思ったのだ。

「アリス……」

卯佐美が呆れた長嘆を零す。その意味を、琉璃は逆に受け取った。琉璃には、そうとしか受け取れなかった。

「おこがましいって、わかってますけど……」

「そんなこと……アリスはそのままで充分可愛らしいですよ」

何を言い出すのかと、卯佐美が首を横に振る。どうしてわからないのかと言われても、毎日アサギやユウキのような美貌の持ち主を間近に見ていたら、自分などちんくしゃにしか思えない。

そんな自分を桧室が選んでくれたのは奇跡で、だからできる限り自分を磨きたいと思ったのだ。

「自分磨きをしたいのなら、知識を身につけなさい」

「それは……」

もちろんわかっているけれど、でもそれだけじゃなくて……。

アサギやユウキはもちろんのこと、支配人にもきっと自分の気持ちなどわからないのだと、琉璃は肩を落とす。

余計な手など入れないほうが桧室の趣味に合うはずだと卯佐美は判断していたのだが、琉璃はしょんぼりと瞳を伏せた。

しかたないな……と言った様子で、卯佐美が口を開く。

「どのみちデビューとなったら、身支度がありますから」

エステで肌も磨くし、専属のスタイリストが頭のてっぺんからつま先までスタイリングしてくれるという。

そのときに、どんなふうになりたいのかリクエストを出すといいと言われて、ようやく琉璃は瞳を輝かせた。

「はい！　ありがとうございます！」

歓喜に輝く琉璃の顔を見たら、支配人ももう何も言えない様子で、「よかったね」と微笑む。

「アサギなら、部屋にいるはずですよ」

今日は来客はないはずだから、ご機嫌には気をつけて……と言われて、いつものことではあるものの、琉璃は不思議な気持ちで頷いた。

アサギは、専属契約している客が来れば「しつこい」「面倒くさい」と文句を言うくせに、来なければ来ないで一日中不機嫌なのだ。

「お菓子を持っていきます」

アサギは甘いものが好きだ。好物のお菓子と美味しいお茶を持って尋ねれば、きっといろいろ教えてくれる。


期待に頬を紅潮させて部屋を出て行ったアリスと入れ替わりに、仕事に出かける前のユウキが顔を出す。表情を見て、卯佐美はすぐに察した。

「立ち聞きとは、いい趣味とはいえないな」

「アリスの話、本当か？」

卯佐美の苦言はサラリと無視して、アリスの消えたドアを見やって言う。ユウキも気づいたのかと、卯佐美はひとつ嘆息した。

「おまえは、どう思う？」

「どう、って……」

少し考えて、ユウキは「宇條さんからは？」と確認をとってくる。卯佐美は懸念が拭えない顔で頷いた。

「アリスを身請けする書類を整えておくようにと言われている」

それを聞いて、ユウキはますます怪訝そうな顔をする。

「あのオーナーが、アリスを買うって？」

冗談だろう？　と、両手を天に掲げた。「ありえない」と言いきる。

「なぜそう言いきれる？」

卯佐美の疑問に、ユウキはなんでもないことのように答えた。

「溺愛してるから」

端的な返答に、卯佐美が目を瞠る。

「だったら……」

ありえなくないだろう？　という指摘を、ユウキは皆まで言いきるまえに遮った。

「だからこそ」

桧室が琉璃を溺愛しているからこそありえないのだとユウキは言う。

「……」

幼馴染の言葉の意味を理解しようと努めて、卯佐美は深い深いため息を吐いた。

「アリスは泣くことになるのか」

あの子だけは泣かせたくないのに……と、《蔓薔薇の家》に身を寄せる皆の思いを代弁する。

琉璃は皆に愛されている。前オーナーが急死したときには皆が琉璃の行く先を案じて、新オーナーが引き継ぐと聞いたときには皆が安堵した。

「そうとも言いきれない」

卯佐美が瞳を伏せる一方で、ユウキは楽天的だった。

自分が「ありえない」と言ったくせに！　と卯佐美が口調を強める。

「どちらなんだ？　おまえはこの間から……っ」

この前もわけがわからないことを言っていたと卯佐美が嚙《か》みついても、まるで柳に風。ユウキのこういうところが、卯佐美は気に食わない。けれど、誰よりも頼りになる。

「雨降って地固まる、っていい言葉が、日本には昔からあるだろう？」

本当に固まるならいいけれど、雨が降りっぱなしだったらどうするのだ。卯佐美のうろんげな眼差しには肩を竦めて、それからふいに表情を変える。

「アリスひとり幸せにできなくて、ここのオーナーが務まるかよ」

最後には桧室への批判まで口にして、ユウキは平然と背を向けた。「稼いでくる」と、片手をひらひらさせる。

ユウキには、多くの客がついている。

自分はそれをさばいて、出かけていくユウキを見送るだけだ。

そんな自分の置かれた立場を憂う以上に、アリスには幸せになってほしいと願う。泣いて帰ってくるようなことがあったら、クーデターでも起こしてやろうか、なんて物騒な思考が過《よぎ》った。

その夜、琉璃の部屋から明かりが消えたのを見計らっていたらしい、遅い時間にアサギが卯佐美のオフィスのドアをノックした。

なにをしに来たのか、実のところ卯佐美には予想がついていた。

「アリスの話、マジ？」

気だるげに問う。

眉間の皺が、明らかに不機嫌だと告げている。

「アリスにレクチャーしてくれましたか？」

キャストデビューに向けて、いわゆるベッドマナーを教えてくれたかと確認する。アサギは呆れた顔で腕組みをした。ドアに肩をあずけて立つ姿も絵になる。

「したけど……」

真っ赤になっちゃって可愛い！　などと初心《うぶ》な琉璃を揶揄って時間稼ぎをして、お茶を濁しておいたと言う。

「必要ないだろ？」

本当にオーナーとそういう関係になるのだとしても、無垢なままで問題ないだろうと面倒くさそうに言う。

「きみもそうだったものね」と言ってやろうかと考えて、アサギの機嫌が急降下するのは目に見えているため、やめておいた。

「アリスは自分をわかっていないんです」

あんなに可愛いのに……と、卯佐美が長嘆する。デビューさせれば、いくらでも買い手がつく。競売になどかけようものなら、どんな高値がつくことか。けれど、そんな事態は絶対に起きない。これまでもこれからも、アリスにはオーナーという後ろ盾がある。

「けど、あのオーナーがそんなことを言うとは思えないんだけど」

琉璃と結果的にそういう関係になるのだとしても、もっと自然なやりかたをとるはず。そういうタイプだとアサギが見解を述べる。「買おうとするなんて……」と、眉間の皺を深めた。

「ユウキも、似たようなことを言っていた」

「あいつがそう言うんならそうだろ」

ユウキは、《蔓薔薇の家》一番の観察眼を持っていると、アサギ評。そういうアサギも、自分のこと以外は目端が利くタイプだ。そしてもちろん、琉璃を可愛がっている。

「アリス、いつからオーナーのこと……」

「初対面から、浮かれていましたよ」

昔のあなたのように……と、これまたアサギに言えない言葉を口中で転がして、卯佐美は皆の幸せを願う。

「そういや、紅茶ぶちまけたんだっけ」

計算高いタイプならわざとやりそうなことだが、琉璃の場合は掛け値なしの天然だ。

いつもはそこまでとんでもないドジはしない子なのに……と考えれば、あの時点で琉璃のなかでは何かがいつもと違っていたのだろうと考えるのが自然だ。

そしてそれはきっと桧室も同じではないのか、と卯佐美は考える。

「アリスを泣かせたら殴ってやる」

アサギが白い拳を握りしめる。

「私はクーデターを起こせないかと考えました」

卯佐美が返すと、アサギは珍しいものを見た顔で、数度長い睫を瞬いた。

「意外と怖いんだな、支配人」

そいつはいいや！　と腹を抱えて笑う。

すると、タイミングがいいのか悪いのか、顧客とのやりとりに使っているパソコンに、アサギのパトロンからの予約の連絡が入った。

「明日、いらっしゃるそうですよ」

早く寝ないとお肌が荒れますよ、と卯佐美が忠告するまえに、アサギは「ふうん」と興味のない態度を繕いながら背を向けた。念入りに自分を磨いて、明日に備えるに違いない。

己を売り物にすることにまるで抵抗のないキャストもいれば、ただひとりの相手との繋がりを維持するためだけにキャストでいつづける者もいる。《蔓薔薇の家》に身を寄せる者の価値観は千差万別だけれど、それでも愛を欲しがらない者はいない。それだけは共通している。

アサギにレクチャーを頼んだら、想像を絶する恥ずかしいことばかり言われて、もうどうしていいかわからなくなって、あたふたしていたら、「はい、おしまい」と言われてしまった。もう？　とも、もっととも言えなくて、そのまま部屋を追い出されてしまった。今の状態で桧室をもてなせるわけがない。

しかたなくネット検索をかけたら、もっととんでもない情報ばかりがヒットして、顔が熱くてしかたない。自分はこんなことをしたいのかと考えたら、恥ずかしいことにも答えはＹＥＳで、ますます身が縮こまる思いだ。

桧室は慣れているだろうし、つまらないと思われないように、最低限の情報くらいは知っておきたい。

でも、それ以前の段階で、琉璃はオーバーヒートを起こしそうになっていた。なんせ、まるですべて未経験なのだ。

——できるのかな……。

桧室は、本当にこんな自分を欲してくれるのだろうか。

パソコンの前で膝を抱えていた琉璃は、思い立って腰を上げた。着ていたものを脱ぎ捨てて、姿見の前に立ってみる。

貧弱な子どもの姿がそこにあった。

身長こそ男子高校生の平均以上あるものの、骨ばってひょろりと長い手足には、色気のかけらもない。アサギとは、全然違う。

いまさらスポーツをしたところで筋肉がつくわけもない。そもそも琉璃は脂肪も筋肉もつきにくい体質で、子どものころから発育不良に見られがちだった。実際には人一倍食べるし、好き嫌いもないのに。

桧室に軽々と抱き上げられてしまうわけだ……と自分で納得する。あのとき桧室はどう思っただろう。硬くて骨ばっていて抱き心地が悪そうだとは思わなかったろうか。

——抱き心地……。

ひとりでぐるぐるして勝手に撃沈して、琉璃は姿見の前で全身を朱に染めた。恥ずかしくてたまらない。

慌ててベッドに飛び込んで、頭からブランケットを被った。

身体が熱い。

琉璃の幼い欲望が、反応している。でも今触れるのは怖かった。桧室のことを思いながらしてしまいそうで、そんなことをしたら桧室を侮辱することになりそうな気がして、怖くて、ブランケットにくるまって四肢を縮こまらせた。

誕生日が待ち遠しくて、でもちょっと怖い。

自分のすべてが桧室のものになるその日を、琉璃は指折り数えて待った。卯佐美とアサギの懸念など知らぬまま、桧室が迎えに来てくれる日を待った。

結論から言えば、琉璃は瞼がぱんぱんに腫れるまで泣くことになる。けれどそれは、琉璃を子ども扱いしたい男の側の言い訳を砕くきっかけをつくることにもなるのだ。

6

誕生日、朝からソワソワと桧室の来訪を待ちかねていた琉璃を迎えに現れたのは、桧室の運転手だった。《蔓薔薇の家》に桧室が訪ねてくるものとばかり思っていた琉璃は戸惑ったが、桧室から指定の場所へ送るように言われていると聞いて、車に乗り込んだ。

たどり着いたのは、瀟洒《しょうしゃ》なマンションのエントランス。高層マンションではない。空間を贅沢に使ったつくりで、建物の周囲は緑に囲まれている。

自動ドアが開くとホテルのような受付があって、来訪者はそこで訪問先を告げて取り次いでもらわなければならないらしい。

恭しく腰を折る運転手に見送られてエントランスホールに入った琉璃が戸惑っていると、受付の女性がやってきて、「承っております」とエレベーターへ案内してくれた。直通エレベーターのようだ。

もしかして桧室の自宅……？　と、琉璃は胸をドキドキさせる。

この日のために、アサギに選んでもらったカジュアルながらもきちんと感を失わないジャケットの胸元をぎゅっと握りしめてしまって、慌てて皺を気にする。

そうこうしている間にエレベーターは目的階に到着した。一番大きい数字で停まったということは、部屋は最上階にあるということだ。

エレベーターのドアが開くと、少し廊下があって、まるで門扉から玄関へのアプローチのようなつくりになっている。

その門扉と思しき支柱に、「ＨＩＭＵＲＯ」とあり、間違っていないことを確認する。

門扉の奥へ進むと、大きな玄関ドア。

ここが桧室の住まい……と、深呼吸したタイミングでドアが開いて、琉璃は噎《む》せそうになってしまった。

「迎えに行けなくてすまなかった」

いらっしゃいではなく、桧室はそんなふうに出迎えた。

室内へと招き入れられて、桧室のプライベートを覗き見る気持ちでドキドキと足を進める。リフォームしたばかりなのか、室内は真新しく、光沢を放つ廊下には傷ひとつないように見える。

ゆったりとしたつくりの廊下を進んだ先に、広いリビングダイニングがあった。開けられたドアの向こうの景色を目にした途端、琉璃は「わ……」と声を上げる。

タワーマンションに比べたらそれほどの高さではないはずなのに、都会の緑が一面に見渡せる。四面ある壁のうち、二面が天井までガラス張りだった。

「すごい……っ」

思わず窓際に駆け寄って、眼下に広がる景色に見入る。一方のガラスの向こうは広いテラスで、屋上緑化がはかられていた。ガーデンテーブルとチェアも置かれている。

広い広いリビングダイニングの奥には、アイランドキッチン。カウンターテーブルにはスツールが二客。朝食や軽いブランチなら、そこでいただけそうだ。

十人の来客にも耐えられそうな大きなディナーテーブルと、琉璃の目にはベッドにしか見えない大きなソファセットと、窓際にはリクライニングチェア。ここで新聞を読んだりするのだろうか……なんて想像した。

ディナーテーブルには、パーティの準備が整えられている。

真ん中に大きなケーキとターキーの丸焼き、という取り合わせは、まるでクリスマスのようだ。

テーブルセッティングは向かい合った二名分だが、空いた椅子《いす》のひとつに大きなテディベアが座っている。

まさか桧室のものではなさそうだが……とよくよく見たら、テディベアにはラッピングリボンが巻かれていた。その横の椅子にプレゼントの箱が大小さまざま積み上げられている。

まずはウェルカムドリンクとして、ミントリーフの浮いた炭酸水が出される。ソファセットのローテーブルには、色とりどりのラッピングの施された菓子が籠盛《かごも》りになっている。出張先の海外で購入してきたものとすぐにわかるカラフルさだ。

ミントのすがすがしい香りが喉の渇きを癒《いや》してくれる。消化促進にもいいと聞いたことがあるが、桧室にそんなつもりはないだろう。準備をしたのが宇條なら、そういう配慮もあるかもしれない。

「ヨーロッパをまわられていたのですか？」

「ああ、前回寄れなかったところを中心にね」

だからトランジットのロスの多い空港やフライト本数の少ない都市ばかりで面倒だったという。そのぶん、なかなかできない商談がかなってよかったと、仕事の充実ぶりがうかがえた。

「リクエストどおり、ワインに合いそうなものを選んでみたが……」

琉璃が気に入るかどうか……と、桧室が肩を竦める。テーブルにはオードブルの大皿が置かれていて、様々なチーズや生ハム、サラミ、珍味の類《たぐい》などがならべられていた。チョコレートやドライフルーツもある。

ターキーの大皿を引っ込めて、温めなおすためにオーブンへ。かわりにキッチンに置かれた大型のワインセラーから一本のワインを取り出してくる。

「約束だ」

琉璃のために探していると話してくれた生まれ年のワインだった。「もう見つかったんですか⁉」

と琉璃が目を輝かせる。この前の話の流れで、急いでくれたのかもしれない。

ワインのエチケット——ラベルには、ハートマークのなかにCalon-Segurと書かれている。その左下に、琉璃の生まれ年が刷り込まれていた。

可愛らしいボトルのワインは、シャトー・カロン・セギュールという、フランス産ワイン。セギュール侯爵が愛したワインとして知られているのだという。

「メドックの格付けでは三級なんだが、しばしば一級に匹敵するワインを生み出しているシャトーで、琉璃の生まれ年は当たり年だった」

人気のヴィンテージワインなのだと言う。ワインには詳しくない琉璃だが、そう聞くと呑んでみたくなる。だが、「あるだけ買い占めてきたよ」と言われて、「えぇっ」と目を丸めた。

「口に合うかわからないのに……」

テイスティングはしたんですか？　と尋ねたら、「琉璃と一緒に呑むために手に入れたんだ」と苦笑される。

「カロン・セギュールは長熟タイプのシャトーなんだ。本当の呑み頃までまだ十年以上もある。毎年開けて祝えばいい」

琉璃の誕生日に毎年一本ずつ開けて、一年毎の熟成具合を楽しめばいいと言う。

——毎年……？

これから毎年、桧室とこうして誕生日を過ごせるのだと、じわじわと喜びが広がった。

カシスやプラム、クランベリーなどの凝縮したリッチな果実味に譬《たと》えられる、甘味を伴ったタンニンのやさしさと心地好い苦みがアクセントになった深い味わいのヴィンテージワイン。

その栓が開けられるのを、今か今かと待っていた琉璃だったが、桧室は手にしたワインを琉璃の前に置くだけ。

「あと二年、がまんだ」

興ざめな言葉が告げられて、琉璃は嘘でしょう？　と口を尖らせた。ここまで焦《じ》らしておいて、それはない。

「ひと口くらいいいでしょう？」

「ダメだ。二十歳になったら、いくらでも飲ませてやる」

口を尖らせる琉璃の頭を撫でて、代わりに冷蔵庫からワインにつかう品種の葡萄《ぶどう》を搾った百パーセント果汁のジュースを出してきて、グラスに注いだ。

「あと、たったの二年だ。それまでは子どもだろう？」

「もう十八歳ですよ」

今日から《蔓薔薇の家》では大人として扱われる。桧室だって、そのつもりで今日、ここに琉璃を呼んでくれたのだろうに。

「そんな顔をするな。プレゼントを開けてみないか」

ターキーもそろそろ温まる、と頬を指先でつつかれる。

隣の椅子にでんっと鎮座する巨大なテディベアが抱えるように持っていた、リボンのかかった箱を取り上げた。

「これ全部……？」

「何がいいかわからなかったからな。いらないものは使わなくていいぞ」

「そんなこと……っ」

桧室が自分のために選んでくれたのなら、なんだって嬉しい。

「ありがとうございます」

礼を言って、リボンをほどく。それほど過剰包装ではないのは、もしかしたら出張先で買い求めたものだからかもしれない。

でも、ラッピングを見ると、シンプルなものもあれば日本のデパートのものもあるし、ブランドショップのものもある。目についたものを買い漁ったと言っても過言ではない状態だ。

きっと桧室は悩んだのだろう。

記念の日に何を贈ればいいのか悩んで、わからなくて、結果的にこの状態、というわけだ。そんなに悩んでくれたこと、そのものが嬉しい。

赤いリボンの箱から現れたのは、木工の玩具《おもちゃ》だった。玩具といっても精巧につくられたもので、作品といっていいクオリティのものだ。ロウソクをともすとその熱でくるくるとまわる。クリスマスモチーフのものが有名だが、土産物としてさまざまなデザインが売られているらしい。大人が見ても楽しい玩具だ。

次いで、テディベアを囲むように積み上げられたプレゼントの一番上の小さめの箱を取る。小さいのに、ちょっと重い。なんだろうと思いながらラッピングをほどくと、今度は最新モデルの携帯端末だった。シムフリーで使える海外モデルだ。

その下の箱は、箱ではなくいくつかの同じサイズのものをまとめて包んだものだった。開けてみると、最新のゲームソフトが十本も。その下の大きな箱を開けると、ゲーム機本体が出てきた。さらに箱を開けると、別の種類のゲーム機が……次々空けて、有名各社のゲーム機が全部そろっていることに気づかされる。対応ソフトがテーブルに積みあがった。

さらには洋服が十着ほど。靴、バッグ、小物類はいいとして、プラモデルというのは……。巨大なテディベア以外にも、ぬいぐるみが五つ。まるで小学生へのプレゼントのランキング上位のラインナップだ。

悩むにもほどがあるというか、悩みすぎというか……。

「ありがとうございます」

こんなにたくさんどうしたらいいんだろう……と思いながらも微笑む。とくにゲーム機は……桧室は対戦相手になってくれるだろうか。

キッチンから、オーブンが調理終了を知らせる音。湯気を立てるターキーが、再びテーブルを飾る。

「知り合いのレストランにケータリングを頼んだんだが、料理は温かいほうが旨いと言われたんだ」

オーブンの使い方や加熱時間をレクチャーされて、温かいものをテーブルに出すように指示されたのだと言う。

先ほどは艶を失っていた焼き目が香ばしそうだ。たしかに、料理は温かいほうが美味しい。

今日は桧室が料理を取り分けてくれる。用意されたソースを使って真っ白なディナープレートに盛り付ける手際は、まるでプロのようだった。

「すごい！　本物のシェフみたいです！」

「昔取った杵柄《きねづか》というやつだな」

「レストランの厨房でもアルバイトされていたんですか？」

年齢を偽って夜のバイトをしていたと以前に話してくれたことがあった。

「ああいう店は開店時間が遅いし、都心部だと週末は営業してなかったりするんだ。空いてる時間はレストランの厨房にいた」

賄いが出るからな……と笑う。高校生の胃袋には、プラス百円の時給より、食べたいだけ食べさせてもらえる賄いつきのバイトのほうが魅力的だったのだと、若いころの苦労話を冗談話にして茶化せるのは、今の桧室が成功を手にしているからだ。

「こんな料理が、家で食べられるなんて……」

こんがりと焼きあがったターキーに、定番のクランベリーソースとグレイビーソースの二色が美しい。付け合わせには、ローストしたポテトと芽キャベツ、小ぶりに焼いた数種類のパイ。

「言っておくが、盛り付けはできても、調理はできないぞ」

だから妙な期待はするなと笑われる。

「家で食べるなら、家庭料理のほうがいい」

こういうのは特別な記念日だけでいいと言う桧室に、琉璃も同意見だった。こういうのは、たまのことだからいいのだ。だからこそ、特別感を楽しみたい。

「美味しい……！」

ターキーの香ばしい皮目とジューシーさのコントラスト。日本人の舌に合いにくいと言われるクランベリーソースは酸味を抑えてあって食べやすいし、グレイビーソースもあっさりしている。

ローストポテトは、赤、紫、黄色の三色で目にも美しく、味が濃く甘い。手作りのパイ生地のなかみは、野菜や豆のペーストだった。

絶対にワインを開けてくれようとしない桧室に恨めし気な視線を向けつつ、フレッシュな葡萄ジュースに口をつけたら、あまりに美味しくて恨めしさも吹き飛んだ。

桧室が海外で手に入れてきたチーズや生ハムはどれも絶品で、ワインに合わせたら最高だろうと思わされる。

あと二年……でも、その二年を桧室と一緒に待てるのなら、それも楽しいかもしれないと思った。

デザートのケーキには、細いロウソクが十八本。

ロウソクに火がともされ、部屋の明かりが落とされる。桧室に促されて、「ふーっ」と勢いよく吹き消した。

「Happy Birthday!!」

テーブルに用意されていたクラッカーの紐《ひも》を、「こんなのも久しぶりだな」とブツブツ言いながら桧室が引っ張る。全部照れ隠しだ。

ぽんっ！　と弾《はじ》けたクラッカーから、金銀のテープが舞った。家庭用に、散らからないつくりになったものだ。

「掃除が面倒なのはわかるが、味気ないな」と桧室が呟くところから、用意したのは宇條だろうとアテをつけた。桧室なら、片付けのことなど考えず、見栄《みば》えを最優先させそうだ。

「ワインはおあずけだが——」

冷蔵庫からノンアルコールのシャンパンを持ち出した桧室が、ぽんっ！　と軽快な音をさせて栓を抜いてくれる。あふれたシャンパンがテーブルを濡らして、これでは宇條の気遣いも意味がないと、琉璃は苦笑した。

ケーキを切り分けてくれようとする桧室を止めて、「お行儀悪いことしてもいいですか?」と尋ねる。

「そのまま……ダメですか?」

誰もが一度はやってみたい。ホールのままのケーキにフォークを入れる夢。桧室は「子どもだな」と笑いながら、ローソクを外したケーキを琉璃の前に滑らせてくれた。

大粒の苺がぎっしりとのったケーキの真ん中に、『Happy Birthday!!』のプレート。苺にフォークを突き刺して、大きなひと口。

「クリームがついてるぞ」

桧室が笑いながら手を伸ばしてくる。口許についたクリームを指先に拭われ、どうするのかと思ったら、躊躇《ちゅうちょ》せず舐《な》めた。

「甘いな」

甘さ控えめにしてくれと言っておいたのに……と眉根を寄せる。

「美味しいですよ」

遊園地でパンダ焼きを食べたのを思い出して、生クリームたっぷりのケーキをフォークでひとすくい、桧室の口許へ。琉璃の「お祝いですから」のひと言に負けて、桧室は口を開けた。大きなひと切れを押し込む。

「……っ、琉璃っ」

シャンパンでケーキを流し込んで、「コーヒーが飲みたいな」と呟いた。

「あとで淹れますね」

道具はありますか？　と尋ねると、「もちろんだ」との応え。「琉璃がいつも使っているのと同じものを卯佐美くんに訊いてそろえてある」と言う。

「……？」

自分用の道具？

琉璃は首を傾げた。わざわざ新しいものを用意しなくても、桧室がいつも使っているものでいいのに……？

ホールケーキを頬張る琉璃を微笑まし気に眺めていた桧室が、ソファセットのローテーブルに封筒を置いた。Ａ４サイズの、一般的なものだ。

さすがに大きなケーキをひとりでは食べきれなくて、四分の一ほど食べたところで手が止まっていた琉璃は、コーヒーを淹れようかとキッチンに足を向ける。その琉璃を、桧室が引き止めた。

「コーヒーはあとにしよう」

「……？　はい？」

先に重要な話を終わらせておこうと言う。

ついにきたか……と、琉璃は細い背に緊張を走らせた。どうしたらいいのだろう。桧室の指示に従っていればいいのだろうか。

琉璃にソファに座るように言って、桧室は封筒から書類を取り出した。よく見ると、封筒には法律事務所のロゴが印刷されている。

ローテーブルに数枚の書類が広げられた。ほとんどの空欄には記入が済んでいる。

「これ…は……」

一番上の書類の肩には、「養子縁組届」とある。養親の欄には、桧室の名前がすでに記入され、捺《なつ》印《いん》もされている。

「養子縁組……」

桧室は、「うちに来ないか」と言った。それは、《蔓薔薇の家》のルールに則って、琉璃を身請けするという意味だと受け取った。

けれど、これは……？

「養子って……」

まさか、結婚に代わるものとして、ということか？

それはいくらなんでも急すぎるというか、琉璃にも覚悟というものが……。両親が残してくれた有栖川の苗字にも愛着があるし、そもそも桧室はそれでいいのだろうか。

琉璃の戸惑いを余所に、桧室は話を進める。

「前オーナー……祖父は、琉璃に有栖川の家を継がせようと考えていたと思う」

「……まさか」

そんなことはありえないと琉璃が首を横に振る。桧室は、「事実だ」と重なった数枚の書類のなかから証拠を提示した。

「私が相続放棄すれば、琉璃に贈与される手配がされていた」

老弁護士の訪問をうけて、悩んだ末、桧室は亡祖父の遺産を相続した。その理由の大半が《蔓薔薇の家》で、その性質上、表に出せないという理由からだった。

だが、琉璃の存在が最初からわかっていたら、桧室は相続を放棄し、琉璃の後見人として亡祖父のかわりに琉璃の成長を見守ることもできた。亡祖父は琉璃に遺産を残したかったはずだと桧室は考えたのだ。

「私の養子になれば、相続権を得られる」

すでに桧室が相続した有栖川家の資産は、琉璃が桧室の養子に入ることで、いずれは琉璃のものとなる。

生々しい説明を受けて、琉璃は「遺産なんて……」と首を横に振った。

そんな先の話は聞きたくない。だってそれは、桧室がいなくなるということではないか。考えたくない。

純粋な反応を見せる琉璃を、「先立つものは必要だ」と桧室が諫める。それは琉璃もよくわかっていることではないか、と……。

それはそうだけれど、でも……と唇を嚙む。なんでも桧室の言うとおりにするから、もうそんな話はしないでほしかった。琉璃はただ、桧室と一緒にいたいのだ。桧室が琉璃のために買ってくれたワインを、これから毎年誕生日に開けて、一緒に歳を重ねていけたらそれだけでいい。

そんなことを胸中で繰り返し思うのは、どうにも肌がざわめくから。

桧室の口にする言葉のひとつひとつから、ニュアンスの違いを感じ取っている。感じ取っていながら、認められないでいるためだ。

鼓動が早まる。

高揚感からではない。押し寄せる不安によるものだ。

ドキドキではなく、ドクンドクンと、嫌な音。頬がこわばるのはどうして？

琉璃の戸惑いと不安を肯定する言葉を、桧室はテーブルに広げた書類に視線を落としながら告げた。

琉璃の顔を見ていない。それも、琉璃の不安感を煽《あお》る一因だとこのとき気づいた。

「私が父親では頼りないだろうが、養親としてできる限りのことをする」

——……親？

広げられているのは、養子縁組届。

これにサインした瞬間から、養親である桧室は、法律上は琉璃の父親ということになる。

言葉の意味を、そのまま受け取ればいいのか？

「親子というには歳も近いし、琉璃が嫌だと言えば諦めるつもりでいたんだが、頷いてくれてよかったよ」

遊園地でお弁当を食べながら、「うちへこないか」と言ってくれたときのことだ。

あのとき桧室は、琉璃が否と首を横に振るのではないかと考えていた。だが琉璃があっさり快諾したから、少し肩透かしだったと言う。

「有栖川姓を捨てることになるからな」

同性同士の場合、養子縁組をもって婚姻のかわりにすることもある。けれど桧室の口にするそれは、そういう意味ではない。親子になろうと言っている。

徐々に視界の焦点が合わなくなって、琉璃は茫然とテーブルの上の書類を眺める。膝の上で拳を握った。

「これにサインをすれば、琉璃は私の息子だ。琉璃にその気があればの話だが、大学を出たら事業を手伝ってほしい。もちろん跡取りとして」

自分の署名捺印はすませてあると、養子縁組届を琉璃の前に滑らせる。

「そういうのは、血の繋がったお子さんに……」

茫然と返した言葉は、意図してのものではなかった。ただ、零れ落ちたのだ。

そこには、いずれ桧室は琉璃の知らない女性と結婚するのだろう？　という確認が含まれている。

その事実にも、口にしたあとで気づいた。

その女性を自分は母親と呼ばなければならないのか？　それだけは絶対に嫌だ。

琉璃の問いに、桧室は「できればそうしたいところだが」と前置きしたうえで、「その予定がなくてね」と苦く笑った。

「そんなこと……オーナーなら、いくらだって……」

異性など、選び放題のはずだ。

それに、今はその気がなかったとしても、将来的にそういう女性が現れないと、どうして言いきれる？

そのときに、自分に祝えと？

血の繋がらない息子として、祝福しろというのか？

——そんなの、残酷だ……。

「この部屋は、大学に通うのに使いなさい。琉璃の名義にしてある」

「じゃあ、ここって……」

桧室の住まいではなかったのか？　琉璃のために新たに用意した部屋？　どうして？　桧室は「うちにこないか」と言ったのに。

戸籍上は息子として引き取るけれど、別々に暮らそうということか？　前オーナーから受け継いだ遺産の一部として、自分を処理しようということか？

十八歳になったら、桧室のものになれると思って、浮かれていた自分がひどく滑稽《こっけい》だ。

この日のために、アサギにレクチャーを受けて、この洋服だって選んでもらって、支配人には「楽しんでらっしゃい」と送り出してもらったのに。

すべてが勘違いだったなんて……！

「無理です」

零れ落ちたのは本音だった。

端的なそれが、琉璃の嘘偽りのない本心だった。

「ごめんなさい。無理です」

息子として桧室の傍で一生をすごすなんて、そんなの無理だ。いつか桧室に愛する人が現れるのではないかとビクビクしながら生きるなんて拷問だ。その桧室に、家庭を持ちなさいなんて言われる日がいずれくるのかと想像するだけで、悲しくて呼吸が止まりそうになる。

「琉璃？」

大きな瞳を涙に潤ませて、ただ茫然と空を見つめる琉璃にようやく気づいた桧室が、怪訝そうな顔で眉根を寄せる。

この前はあんなに喜んでいたのに？　と、その目が不思議そうに細められる。

「すまない。急ぎすぎただろうか」

せっかくの記念日に堅苦しい書類など持ち出して、興ざめだったかと詫びる。けれど、記念日だからこそ、ふたりの今後の関係をはっきりさせておきたかったのだと、桧室は語った。

法的な書類を並べられて小難しい話をされても、すぐにサインなどできないということなら、この話はまた今度にしようと、桧室は広げた書類をまとめて封筒に戻す。つまり、話を進める気でいる、ということだ。

どうしよう……どうしたらいい？　どうしたらわかってもらえる？

でも、琉璃の気持ちを伝える術はない。わかってもらえるはずもない。桧室に求められていると思ったのは、そもそも自分の勘違いなのだから。拒絶されるくらいなら、息子としてでも傍にいるのが幸せなのか？　でも……っ！

「お腹痛い」

これまでずっと、前向きに生きてきたつもりだった。

けれどこのときはじめて、琉璃は逃げることを選択した。――嘘をついたのだ。

「琉璃？」

「ケーキ、食べすぎたみたい」

お腹なんか痛くない。食欲はすっかり失《う》せたけれど、逆に残ったホールのケーキをやけ食いしたい気分だ。でもできない。

「医者を……」

桧室が、慌てた様子で腰を上げて傍らにくる。「医者に行こう」と差し伸べられた手を、琉璃はぎゅっと摑んだ。

「いい。少し休めば平気」

たどたどしく言って、桧室の腕に縋る。

「立てるか？」と訊かれて、首を横に振った。そうしたら桧室がどうするか、予測がついていた。

桧室が琉璃の痩身を抱き上げ、ベッドルームに運んでくれる。首に縋って、桧室の肩に頬をすり寄せた。

琉璃をベッドに寝かせて部屋を出ていこうとする桧室を、琉璃は懸命に引き止める。

「傍にいて」

震える声でねだる。精いっぱいの媚《こび》だった。

でも、伝わらない。琉璃の想いは、空回りする。

「そんなに痛むのか？」

薬を手配しようと、桧室が腰を上げようとする。絶対に離しちゃダメだ。きっと桧室は宇條に連絡をする。宇條は薬か医者の往診を手配するだろう。そうしたら、嘘がばれる。

「次はちゃんと胃薬を用意してから、ケーキのホール食いにチャレンジしような」

小さな子どもをあやすように言って、琉璃が抱える腹に手を添えてくれる。しばらく様子を見て改善しないようなら医者に行こうと言ってくれる。

——僕じゃ、ダメなんだ……。

こんなにぴったりと身を寄せていても、桧室は自分などにその気にはならない。瞼の奥が熱くなってきて、琉璃はきゅっと唇を噛んだ。

「……っ」

白い頬を、涙が伝う。それに気づいた桧室が、「泣かなくていい」と涙を拭ってくれる。

勘違いも甚だしいのに、触れる指は温かくて、ただひたすらにやさしかった。

自分などが、桧室に欲してもらえるなんて、そもそも勘違いするほうがバカだったのだ。自分のような子どもなんて、桧室が相手にするはずがないのに。

桧室の手は、琉璃の小さな頭を撫でつづける。親が幼子を撫でるように。

この手が、これ以上深く自分に触れてくれることはないのだ。

それがわかっていて、ずっと傍にいるのはつらい。桧室が用意した、この広い部屋で、ひとりで暮らすのは寂しすぎる。

待っても待っても、無駄なのだから。

桧室は、ひとりの人間としてではなく、親として部屋のドアを開けるようになる。絶対に縮まらない関係を壊すことはかなわない。

「オーナー……」

ぎゅっと縋ると、「それもどうにかしなくてはな」と苦笑を落とされる。

「お父さんというのも違う気がするし……名前が妥当か……」

どうだ？　と、琉璃の頭を撫でつづけながら桧室が問う。

敞之さん？　と口中で桧室の名を転がしたものの、琉璃はそれを声にしなかった。

呼んだら、泣きじゃくってしまいそうだった。そうしたら、さすがの桧室も琉璃の様子が普通でないことに気づくだろう。全部ぶちまけたくなってしまう。

全部、ぶちまけてしまおうか。

一瞬過った、悪魔の囁き。

でもそうしたら、きっともう二度と、桧室は琉璃に微笑んでくれなくなるだろう。撫でてもくれなくなるに違いない。

それはいやだ。

でも、親子になるのも嫌だ。

好きな人の傍で、かなわない想いを抱えて一生を過ごすなんて、近い未来か遠い未来かわからないけれど、きっと耐えられない日がくる。

だったらいっそ……。

いっそ、離れたほうがいいかもしれない。

泣き疲れた琉璃が眠るまで、桧室はずっと撫でてくれていた。琉璃がぎゅうっと縋っても、桧室の手がそれ以上を求めてくることはなかった。

自分では、桧室の心を動かせないとわかった。

愚かしい夢を見たと、思うことにした。


《蔓薔薇の家》に帰った琉璃は、支配人の部屋のドアをノックして、ひとつの頼みごとをした。

卯佐美は驚いた顔をしたものの、琉璃の目が真っ赤に腫れているのを見て、事の次第を悟った様子だった。「本当にいいの?」と確認された。「落ち着いてよく考えなさい」と諭されもした。

でも、一度決めた決意は変わらなかった。

「話を進めてください」と頭を下げて、自室に引っ込んだ。

部屋のドアに鍵をかけて、床にへたり込んで、ぼろぼろ泣いた。

求めてももらえないのに傍にいなくてはならないなんて、これほどの苦痛はない。

だったらもう、さっさと借金を返済して《蔓薔薇の家》を出て、桧室の目の届かないところへ行こう。

日本の最果てでも、海外でも、自分ひとりなら、何をしても生きていくことはできるだろう。

ただ、何もかも放棄して逃げだすのはいやだった。桧室に迷惑はかけたくない。《蔓薔薇の家》のルールに則って、ここを出ていく。自分にできるのはそれくらいしかない。

あの日、はじめて会った瞬間に、自分はもう桧室に惹《ひ》かれていたのだと、いまさら気づく。

だからあんなに緊張して、失敗をやらかした。やさしくしてもらって、嬉しかった。うちにこないかと言ってもらえて、天にも昇る気持ちだった。

でも、全部勘違いだった。

勝手に勘違いして、勝手に舞い上がって、勝手に落ち込んでいるのだから、世話はない。

「バカみたいだ……」

呟いて、抱えた膝に涙を埋めた。

泣いても泣いても、涙はあふれてとまらなかった。身体中の水分が流れ出てしまうのではないかと思った。

7

琉璃が目を真っ赤に腫らして帰宅した翌週。

卯佐美は琉璃の求めに応じて、状況を整えた。

アリスを売りに出す予定だと軽く噂を流したら、さっそく飛びついてきた客が数名。そのなかから該当人物を選んで、セッティングをした。

こんな手は使いたくなかったが、琉璃の身の安全は確保できる手筈《てはず》になっている。

再三「本当にいいのか」と確認したが、琉璃の決意はかわらなかった。悲しみに染まった瞳を伏せて、一刻も早く《蔓薔薇の家》を出ていくために稼ぎたいと言ってきかなかったのだ。

誕生日に、なにかあったのは明白だった。

卯佐美の懸念どおり、はなから桧室にその気はなかったのだ。なのに琉璃をぬか喜びさせて、悲しませた。その責任はとってもらおうと思っている。

壁を震わせるほどの騒音に驚いて、卯佐美は顔を上げた。

「どういうことだよっ」

乱暴にドアを開けて飛び込んできたのは、アサギだった。

「アリスを売りに出すって!?　ありえないだろっ!?」

オーナーの許可はとってあるのかと詰め寄ってくる。それをサッと躱《かわ》して、卯佐美はパソコンに向かった。目を放すわけにはいかないのだ。防犯カメラの映像など、館内のセキュリティ情報が集まってくるのだから。

「なにを企《たくら》んでる？」

アサギがテーブルに両手をついて凄《すご》む。

「人聞きの悪い」

その目を見返すことなく、卯佐美は返した。

「あんたがアリスを売りに出すわけがない」

そんなことできるわけがないと言う。いったい何を根拠に……と返そうとして、口を噤んだ。《蔓薔薇の家》で暮らす皆がアリスを可愛がっているのは周知で、彼にだけは普通に幸せになってほしいと願っている。

アサギはもちろん、ユウキも、そして自分も、琉璃を実の弟のように可愛がってきた。その琉璃を利用することに、躊躇がなかったのかと訊かれれば当然否だ。卯佐美も、心を鬼にしている。

「オーナーに連絡する」

アサギが卯佐美のデスクのビジネスフォンを取り上げる。桧室のナンバーが登録されていることをアサギは知っている。

「その必要はない」

アサギが開け放ったままにしていたドアのほうから、冷静な声がかかる。

「——が、緊急事態だ」

ドアを閉めて大股に部屋を横切ってきたのはユウキだった。

「ユウキ？」

どういうことだ？　と卯佐美が眉根を寄せる。ユウキは事実だけを端的に述べた。

「アリスがいない」

「……っ!?」

卯佐美が驚きに目を瞠る。血が引いていくのを感じる。

まさか？　と、卯佐美はパソコンのディスプレイに視線を走らせる。アリスが接客に使う予定の部屋に仕掛けられたカメラには、ずっと変わらない映像が流れている。

「セキュリティを強化したほうがいいな」

ウイルスソフトだ、とユウキがパソコンを操作する。途端に画面が乱れた。

「そんな……」

卯佐美は部屋を飛び出した。

件《くだん》の部屋のドアは半ば開いていた。飛び込んだ先に、人の姿はない。

「アリス……っ！」

「例の、ロクでもない会員か？」

追いかけてきたアサギが、卯佐美の襟首を掴もうとして、ユウキに阻まれた。その手を乱暴に払って、面白《おもしろ》くなさそうに「くそっ」と吐き捨てる。

「発信機とマイクを忍ばせてある」

卯佐美は震える声で、己に言い聞かせるように言った。だから琉璃は大丈夫だ、と……。

「マイク？　退会に追い込む証拠でも掴もうってのか!?」

見損なったぞ！　とアサギが怒鳴る。手を出してこないのは、どのみちユウキに止められるとわかっているからだ。

「館のためだ。私には、ここに身を寄せるみんなを守る義務がある」

以前から、宇條経由で情報収集に協力させられていた案件だった。《蔓薔薇の家》のOBのなかに、行方不明者が存在する件。調査の結果、ひとりの大物政治家の存在が浮上した。前オーナーすら持て余していた政界の重鎮だ。その大物会員の紹介で入会した会員とかかわったキャストのなかに、行方不明者が存在することが判明したのだ。

「それはオーナーの仕事だろ！」

支配人の卯佐美のやることではないはずだと、アサギに指摘される。宇條にも、余計なことはするなと釘《くぎ》を刺されていた。

「では、私はなんだ？」

ポロリ……と、呟いていた。では自分は、ここで何をしている？

アサギが怪訝そうに眉根を寄せる。

「尚史……」

ユウキが、そっと卯佐美の肩に手を置いた。その手を払って、駆け出す。——が、ユウキに止められた。力ではユウキにかなわない。

「おまえが行ってなんになる」

「でも……っ」

アリスを放ってはおけないとユウキの襟元に縋る。

性質《たち》の悪い会員だ。なにをするかしれたものではない。だから琉璃が危険な目に遭うまえに、救出する手段を整えていた。——はずだった。

暴れる卯佐美を拘束して、ユウキが「大丈夫だ」と悠然と言う。

「新オーナーの、お手並み拝見といこうじゃないか」

ついでに本心も見せてもらおうと、愉快そうにウインクをする綺麗な顔を、卯佐美は啞然と見上げた。

「勇毅《ゆうき》？」

さきほど、桧室に連絡する必要はないと言っていた。すでに連絡をしたというのか。

「ラスボスはきさまか」

つまらんっと吐き捨てて、アサギは自分の部屋に戻ってしまう。ユウキとふたりきりになってようやく、卯佐美は気丈に構えていた表情を崩した。

「アリスになにかあったら……」

自分の責任だと、広い胸に頽《くずお》れる。

「そのときこそ、クーデターだな」

ユウキの軽い口調からは、そんな事態は起きないだろうという、予測が透けて見える。

「アリスが惚れた相手だ。信じていいさ」

大丈夫だと微笑む。

卯佐美はコクリと頷いた。

急激な睡魔に襲われたところまでは記憶があった。

奇妙に思い瞼を懸命に押し上げる。焦点がなかなか結ばない。琉璃が状況を把握するより早く、下《げ》卑《び》た声が聞こえた。

「ようやくお目覚めか」

知っている声だった。耳触りの悪い、ちょくちょく上ずる声だ。

「これで楽しめるな」

「おねんねされてちゃ、反応がなくてつまらないからなぁ」

つづくふたりは聞き覚えのない声だ。こちらのほうがよりチンピラ風で、嫌な感じがする。

「こ…こ……」

ようやく琉璃の視界が目に映るものを把握する。

間接照明に照らされた部屋は品のない印象で、館ではないとわかる。自分が寝かされているのが丸いベッドであることを認識して、ゾワリ……と全身が粟立《あわだ》った。

天井が鏡張りになっている。壁も。

いわゆるブティックホテルだと理解した。

起き上がろうとして、できなかった。後ろ手に両手首を縛られ、両足もガムテープと思しきもので拘束されている。口にはタオルを嚙まされていて、声を上げることができない。

三人の男のうちのひとりは、卯佐美に紹介された客だった。手っ取り早く借金を返済するために、一番高く買ってくれる客をつけてくれと頼んだら、紹介されたのだ。顔なんか、ろくに見ていなかったが、声は記憶に残っていた。嫌な声だ。

残りのふたりは、安物のアロハシャツとTシャツによれよれのジーンズ姿で、まともな生き方をしている人間ではないと目を見てわかる。

いつの間に館から連れ出されたのか。

どれくらいの時間が経過しているのかわからないものの、ウェルカムドリンクとして出したシャンパンに一服盛られたことだけは確かだ。一緒に呑むように強要されたのだ。

慣れないアルコールのせいで眠くなったのかと思っていたが、この頭の重さは尋常ではない。

琉璃が目覚めたのを確認して、ひとりがカメラのセッティングを確認しはじめる。もうひとりは注射器を弄りはじめた。

――……？　薬物!?

《蔓薔薇の家》の顧客は厳選されているはずなのに、どうして？　自分を買った男を見やると、焦点の合わない目で琉璃を見ていた。

わけがわからない……という顔の琉璃に、カメラをセッティングしていた男がヤニ臭い顔を寄せる。

「ヤク中のバカなお坊ちゃまだ。何をしようと親父《おやじ》が金の力でもみ消してくれるんだとよ」

おかげで自分たちはいい商売ができると下卑た笑いを零す。

琉璃を凌辱《りょうじょく》するシーンを撮影して、売り物にしようということらしい。

「……っ、ふ……ぐっ」

こんなやつらに好きにされるなんて冗談ではないと思うものの、両手両足を縛られた状態ではどうにもできない。

何かの液体の満たされた注射器を手に、男が近寄ってくる。

「すぐに気持ちよくしてやるからさ」

「死なない程度の量にしておけよ。死体の始末はごめんだぜ」

まるで過去に経験があるかのような言い草だ。琉璃はゾ…ッと首を竦ませた。もがいても、より男たちを喜ばせるばかりで、どうにもならない。ガムテープでぐるぐる巻きにされた腕は、ビクともしない。

どうして……っ。

ぎゅっと瞼を閉じて、現実から目を逸らした。

こんなことなら、おとなしくしていればよかった。言われるままに桧室の養子になって、大学に進学して、桧室の会社に就職して。いつか桧室の幸せを祝うことになっても、こんな無様を曝すよりはどれほどマシだったか。

自分が事件に巻き込まれれば、桧室に迷惑をかける。《蔓薔薇の家》のことが世間に知れたりしたらどうしよう。みんなの居場所を奪ってしまうことになる。

借金を清算したらどこかへ消えようと思っていたのに、こんな状況に陥ってまで、桧室に会いたいと思っている。館の皆の心配をしているふりで本当は、桧室にもう一度だけ会えさえすればそれでいいと思っている、傲慢《ごうまん》な自分がいる。

それほどに、好きなのだ。

本当はもっと抱きしめてほしかったし、それ以上のこともしてほしかった。せっかく探してもらった生まれ年のワインだって、まだひと口も呑んでいない。

せめてこの気持ちだけでも伝えておけばよかった。それで呆れられても、面倒に思われても、想いさえ告げられなかった無念よりは、ずっとマシに思える。

後悔ばかりがぐるぐると思考を巡って、悔しいことに泣けてくる。こんな連中に泣き顔など見せたくなくて、シーツに顔をうずめた。

注射器をもった男に、腕を捕られる。消毒をしてくれるような気遣いはないらしい。

針が白い肌に刺さる直前で、部屋のチャイムが鳴った。カメラをセッティングしていた男が「なんだ？」と声を荒げる。

応じないでいると、次いでノックの音。それから『運転手でございます』と控えめな呼びかけ。琉璃を買った男のお抱え運転手のようだ。

『坊ちゃま宛《あて》に、旦那さまから至急のお電話が入っておりまして』

携帯電話が通じないとお怒りなのです……とドアの向こうから恐縮しきりと言う。お願いですから手元の携帯電話に出てくださいと、弱りきった声。

スポンサーには逆らえないと思ったのか、カメラのセッティングをしていた男が、「しょうがねぇな」と応じた。注射器を手にした男も動きを止める。

「電話だとよ」

おいっ！　と、琉璃を買った客をどつくものの、完全に薬物にラリッているらしい男の反応は鈍い。大事なスポンサーの親父さんからだぜ、との呼びかけにもぼんやりと顔を向けるだけ。

「ダメだなこりゃ」

面倒くせぇな……と言いながらも、カメラのセッティングをしていた男がドアノブに手を伸ばした。内鍵を開けて、ノブをひねる。注射器を手にしていた男は、見られるのはまずいと思ったのか、手にしたものを後ろ手に隠した。

ドアが開いた……と思った瞬間、それが勢いよく開いて壁にぶつかる。振動が響いた。

外から何者かが力いっぱい蹴《け》ったためだと、琉璃には理解できなかった。ただ大きな音が響いて、恐怖が増しただけだ。

直後、ドアを開けようとしていた男が、悲鳴を上げて壁に吹き飛ぶ。

注射器を隠していた男が驚いて、反射的にドアに向かって突進した。――が、結果は先に壁に叩きつけられた男と同じ運命をたどったにすぎなかった。

痙攣《けいれん》をおこして呻《うめ》く男の襟首を摑み上げたのは、鬼の形相をした桧室だった。琉璃は涙も止まる思いで、驚きに目を見開く。

すでに半ば気絶した男を、桧室は殴りつけて、完全に気絶させた。

「過剰防衛にならない程度にしてください」

冷静な声が桧室を止める。宇條だ。不服気に眉根を寄せたものの、桧室はもうひとりに伸ばしかけていた手を止めた。

「お早く」

五分という約束です、と宇條が急《せ》き立てる。

琉璃が転がされているベッドに駆け寄ってきた桧室は、手首と足首にきつく巻かれたガムテープを力任せにちぎって、拘束を解いてくれた。猿轡にされていたタオルを解かれて、酸素がどっと肺に押し寄せる。

「……っ、く……っ」

思わず咳《せ》いて、桧室の腕に痩身を支えられた。

「琉璃？　大丈夫か？」

怪我はないかと確認をとられる。懸命に頷いた。

「話はあとです」

宇條に急き立てられて、桧室が琉璃を抱き上げる。「顔を隠していなさい」と耳打ちされて、琉璃は桧室の肩に顔をうずめた。

部屋を出ると、異様な空気を感じた。

「三分四十八秒、約束の時間内ですね」

宇條がどこか挑発的な声で誰かに確認をとっている。

「今回の件は――」

「他言無用。我々は何も見ていませんし、ここにも来ていない。手柄は全部、あなた方のものです」

そういうことでよろしいですね？　と、念押しして、琉璃を抱いた桧室を先に行かせる。

何者かしれない男たちの集団の脇《わき》を通り過ぎるときに、チラリと視線を巡らせたら、襟元に白っぽいバッジが見えた。

――検察？　特捜？

だが一瞬のことで、確かではない。

琉璃たちと入れ替わりに、男たちの集団が部屋に乗り込んでいく。何やらわめく声が聞こえたが、何を言っているのか、聞き取れなかった。

わけがわからないまま連れ出された琉璃は、薄暗い廊下と階段を進んだ先、ひんやりとしたコンクリート打ちっぱなしの駐車場にたどり着く。見覚えのある車が止まっていた。

桧室のものだが、いつもの運転手の姿はない。宇條がドライバーズシートに乗り込み、桧室は琉璃を抱いたまま後部シートへ身を滑り込ませる。

ドアが閉まりきる前に、車はタイヤを鳴らして急発進した。

「急いでこの場を離れなければなりませんので、少し我慢してください」

思いがけず荒っぽいハンドルさばきとレーサー並のドライビングテクニックを見せつけて、宇條の運転する車は路地を走り抜け、瞬く間に幹線道路の流れに紛れる。

そうしてやっと「医者に寄りますか?」とバックミラー越しに尋ねてきた。「琉璃さんが飲まされたのは、病院で処方される睡眠薬だと報告がきております」との言葉を受けて、桧室は「不要だ」と返す。

「規定量なのだろう?」

「グラスにシャンパンがかなり残っておりましたので、何分の一かと思われます」

いくらも飲んでいないはずだと宇條が返す。

バックミラー越しに視線を寄越されて、琉璃は口を開いた。

「ひと口……呑んだ、だけ……です」

また睡魔が襲いはじめて、それでも懸命に言葉を紡ぐ。薬の影響というより、安堵したためと思われた。

「大丈夫だ。寝ていなさい」

桧室の膝に横抱きにされた恰好で、広い胸に痩身をあずけ、大きな手に乱れた髪を梳かれる。心地好くて、でも恐怖はそう簡単には拭えない。いまだに肌が震えている。

「あの……人、たち、は？」

あのあとどうなったのか？　と尋ねると、「気にしなくていい」と返された。あとからいくらでも答えてやると言われて、琉璃はようやく瞼を落とす。

温かい腕に包まれる安堵に満たされて、琉璃は眠りに落ちていく。

意識が白む寸前、桧室の胸元に縋って、「会いたかった……」と呟く。もう一度桧室に会いたいと願ったら、桧室が助けに来てくれた。

あまりにご都合主義すぎて、自分は夢を見ているのかもしれないと思うほど。本当はあの連中にひどい目に遭わされて、現実逃避の真っ最中なのかもしれない。

だったらそれでもいい。どうせなら、幸せな夢を見ながら死にたい。そうだ。せっかくだから、後悔が残らないようにしておこう。

「好き……」

伝えておけばよかったと悔やんだから、ちゃんと言っておかなくちゃ。

夢現で、琉璃は桧室の胸に縋って頬を寄せ、「大好き」と掠《かす》れた声を紡いだ。

琉璃の痩身を抱く桧室の腕に、ぐっと力がこもる。

「琉璃……」

ぎゅっと抱きしめられて、額に触れるだけのキスが落とされたのも、きっと夢だと琉璃は思った。

目覚めたのは、桧室の腕の中だった。

琉璃を抱いたままソファに腰を下ろした桧室の膝の上で、自分はいったいどれくらいの時間眠っていたのだろう。重くはなかったのだろうか。

状況を把握しかねるうえに何を言っていいかわからず、琉璃は間近に見下ろす不機嫌そうな顔を見上げた。

桧室の眉間にはくっきりと渓谷が刻まれ、彼が不機嫌であることを告げている。

茫然と見上げながら言葉を探している、桧室がひとつ嘆息した。そして引き結んでいた口を開く。

「なぜあんなことをした」

浅はかなことを……！　と叱られる。

逃げ場もなく、琉璃は薄い肩を震わせた。

「……っ」

きゅうっと唇を嚙み、視線を落とす。だんまりを決め込もうとする琉璃を、桧室がいなすように呼んだ。

「琉璃」

甘い声が間近に鼓膜を震わせる。

だまっているつもりだったけれど、無理だった。

助けに来てもらった瞬間に、自分が何を求めているのか、本当はどうしたいのか、わかってしまったから。琉璃は、はっきりと言いたかったのだ。桧室の勘違いに、違うと言いたかった。

「借金を早く清算して、出ていこうと思ったんです」

《蔓薔薇の家》を一番早く卒業できる方法を選択しただけだと口早に返す。十八歳になったら自分で選べることになっているのだから、文句を言われる筋合いはない。

桧室は眉間に刻んだ深い皺を消そうともせず、「なぜだ？」と問う。

「私と――」

養子縁組をすることに頷いたではないか？　と、つづくのがわかって、琉璃はふるるっと首を横に振った。

「親子なんて嫌です！」

息子になれなんて言われるとは思っていなかったから頷いたのであって、そもそも桧室の勘違いだと、ようやく訴えることができた。

「……」

桧室は、口中で「え？」と声にならない呟きを転がして、琉璃を見やる。一度は逸らした視線を上げ、桧室の瞳を間近に見返して、そして言った。

「買ってくれるって意味だと思ったから頷いたんです！　養子にしてほしいなんて、微塵《みじん》も思ってません！」

親子関係なんて望んでいない。桧室に求められたと思ったから頷いたのだ。

《蔓薔薇の家》のシステムを思えば、琉璃がそう受け取ったのはおかしなことではないはず。説明が足りない桧室が悪いのだ。自分は悪くないと懸命に主張した。

琉璃の言葉に、桧室はゆるゆると目を見開いて、静かな、しかし強い憤りの感情を宿す。

「買うだと？」

地を這《は》うような低い呟きに、琉璃は細い背を震わせた。無意識に後ずさろうとして、桧室の膝に抱かれているためにできないと気づかされる。

「愛人になどさせられるか！」

桧室が、冗談ではない！　と憤る。これほど感情を露《あら》わにする桧室を見たのははじめてだ。――いや、助けに飛び込んできたとき、男たちを殴りつけたときの桧室はもっと怖かった。宇條が止めなければどんな惨状になっていたことか……。

「おまえはそんな仕事などしなくていいんだ！」

なんのために身請けすると思っているのかと、苦々しい顔で言う。身請けというかたちで引き取って、大切に大切に庇護《ひご》するためではないかと吐き捨てるように言う。

「学校に行って、好きな勉強をして、歳相応の学生生活を送ればいいと言って――」

桧室の正論を、皆まで言わせず遮った。

「だったらお客をとります！　そのほうが返済が早く終わりますから！　そうしたら、ここを出ていける！」

桧室に止める権利はないと跳ね除《の》ける。

「だから！　そんなことをさせないために――」

自分が身請けするのではないか、なぜそれがわからないのかと、会話は堂々巡りに陥るのが目に見えていた。いや、すでに堂々巡りに陥っている。

「僕を買う気がないなら、もう構わないでください！」

広い胸をぐいぐいと押して、放してくれと訴える。だが、桧室の拘束は緩まない。それどころか、より強く肩を引き寄せられる。

「絶対に許さん！」

オーナー命令だ！　と言われて、「横暴です！」と嚙みついた。琉璃には……いや、アリスには、自分の好きに選択する権利が認められているはず。

「横暴でもなんでもいい！　オーナーの特権だ！」

口応えは許さん！　などと、いったいどこの頑固親父かと思わされるセリフを吐いて、絶対に譲ろうとしない。

「今日からここで暮らせ。館に戻る必要はない」

学校はしばらく休んでいいとまで言い出す始末。しばらくは部屋から出ることも許さないと無茶を言う。桧室らしくないにもほどがある。

「そんな……っ」

横暴どころの話ではない。

いつもの桧室なら、もっとちゃんと聞く耳を持ってくれるはずなのに。どうしてこの件に関しては、こうもかたくななのか。琉璃がそうしたいと言っているのに。

「嫌…だっ」

「琉璃！」

「嫌です！」

この部屋に軟禁されるのも、学校を休むのも、桧室の息子になるのも嫌だ！

「僕を買うか捨てるか、どっちかにしてください！」

胸倉を摑んで揺さぶりながら訴える。

二者択一、ほかに選択肢はない。息子なんて中途半端な立場など欲しくない。

「好きなのに……っ、こんなに好きなのに……。触れてもらえないのに傍にいろだなんて……拷問ですっ」

見開いた大きな瞳から、ボロボロと涙の滴が零れ落ちる。

受け入れるのか拒絶するのか、この場ではっきりさせてほしいと、もはや泣きながら懇願した。

睨み合って、しばしの沈黙。

ややして桧室が、苦々しく「拷問、か……」と呟きを落とす。

それはこちらのセリフだと、忌々し気に吐き捨てて、そしてセットしている前髪を乱暴に掻き上げた。

　大人の気もしらないで……っ、と、口中でブツブツと文句を転がす。

「……？　オーナー……？」

　さすがに奇妙に感じた琉璃が、涙に濡れた瞳をきょとり……と瞬いた。長い睫に溜まった滴が白い頬を伝い落ちる。

　それを親指の腹で拭いながら、桧室は「こんなに頑固だとはな……」と諦めの滲む嘆息。

「好きに生きればいいと言っているのに、何が不満だ？」

　自分を売り物にする必要などない。ほかの子どもたちと同じように、学校に通って、楽しい青春時代を過ごして、いずれは就職して……自分の人生を生きればいいではないかと、もはや力のない説得を並べる。

「……」

　琉璃は頷かなかった。

　絶対に同意しなかった。

　そんなの、幸せじゃない。琉璃にとっては、求める人生じゃない。

　じっと見上げる大きな瞳の懇願に、桧室がらしくなく「くそっ」と吐き捨てる。そして、先ほど掻き上げた前髪を、今度はぐしゃっと乱した。

「そんなに私を犯罪者にしたいのか」

面白くなさそうに言う。

「犯罪者？」

琉璃が首を傾げると、その仕草がいけないというように、桧室の眉間の皺が深まる。

「自分が未成年だという自覚がないのか、おまえは」

成人が未成年に猥褻《わいせつ》行為を行えば立派な犯罪なのだと、ごもっともなご高説。琉璃だって、当然それくらいは知っている。恋人関係にあっても許されないことも、もちろんわかっている。例外はごくわずかだ。そういう裁判記録があることも、実は調べた。

琉璃が引かないのを見て、桧室は「わかった」「もういい」と、疲れの滲む長嘆。

結局受け入れられないのかと、琉璃の決意がぐらつきかけたタイミングで、桧室は「覚悟を決めた」と苦笑した。

「……え？」

覚悟？　と問い返す。

「犯罪者になる覚悟だ」

そう言って、琉璃の頬を大きな手で撫でる。ぷくりとした唇を、親指がなぞった。

「……それって……」

そういう意味だと受け取っていいのか？　今度こそ勘違いではない？　と疑り深くなっている琉璃に、桧室が「降参だ」と両手を天に掲げる。

琉璃の口許が綻んだ。本当に？　と声にならない声で確認すると、肩に置かれていた桧室の手が腰に落とされる。そして、ぐいっと琉璃の瘦身を抱き寄せた。

間近に瞳を覗き込まれて、琉璃の心臓が跳ねる。

頰を紅潮させる琉璃に、桧室はあまりといえばあまりな質問を落とした。

「女の子との経験は？」

「……っ」

カッと頰が焼きつく。どうしてそんなことを？　と訝りながらも、ふるっと首を横に振る。

すると次いで、さらに突っ込んだ確認をされる。

「キスは？」

今度は耳まで熱くなるのを感じながら、琉璃はまたもふるふるっと首を横に振った。

身の置き場のない羞恥《しゅうち》に駆られて、琉璃は桧室の肩口に額をすり寄せる。桧室を襲う長嘆が深さを増した。

「いいのか？」

「……？」

何を問われたのか、わからなかった。

戸惑いに瞬く大きな瞳を間近に見下ろして、桧室は今一度「いいのか？」と問う。ようやくじわじわと、ありとあらゆる問題を包括した確認であることを理解した。

女の子と付き合ったこともない、キスをしたこともない、つまりは完全未経験。そんな状態で、ひとりの相手——しかも年上の同性に縛りつけられてしまって本当にいいのか？　と再三の確認をとられている。

あらゆる可能性を、自分に束縛することで、摘み取ることになりかねないと懸念する、桧室の心配は年長者なら当然のものだ。

逃げ口上ではない、琉璃を思うからこその確認だ。

自分は犯罪者になる覚悟を決めればいいだけだが、琉璃は被害者になる可能性がある。人生の選択を誤ったとあとで気づいても、そのときには絶対に手放してやれない、そのときこそ自分は真の犯罪者になってしまうだろう、と……。

「いい……です」

コクリ……と頷いた。

後悔なんか、絶対にしない。

そういう根拠のない自信こそが若さゆえの過ち以外のなにものでもないと言われたら、そうなのかもしれないけれど、でも琉璃は桧室といたいのだ。

「僕の全部、もらってください」

意を決して、震える声で、最後のお願い。

桧室の目が見開かれ、怒ったような困ったような、微妙な表情を浮かべる。そしてまた長嘆。長い指でこめかみを押さえる。頭痛がするのだろうか。

「あの……？」

わかっていない顔の琉璃に、桧室は苦く微笑んで、そして提案を寄越した。

「敞之さん、だ」

ふたりきりのときはオーナーと呼ぶなと言われて、琉璃の頬がぼふっ！　と赤くなる。

「……!?　はい！」

嬉しい！　と、首に縋りついた。

琉璃の痩身をひとしきり抱きしめて、桧室の大きな手が頬を包み込む。顔を上げさせられて、視界が陰った。

「……んっ」

軽く触れて離れるだけ、琉璃にとっては、はじめての口づけだった。陶然と指先で唇をなぞったら、その仕草に誘われた桧室が、今度は深く唇を合わせてくる。

「ん……ふっ、……んんっ」

情熱的な口づけが、初心な琉璃を翻弄《ほんろう》するのはたやすかった。身体の力が抜け、桧室の胸に痩身をあずけるばかりになる。無防備に口腔を明け渡し、奥の奥まで探られた。

「……んっ」

敏感になった唇を舐められて、濡れた吐息が零れる。

離れようとする唇を追いかけて、もっと……とねだった。キスは心地好くて、ずっとこうしていたいと思うほど。

興にのった桧室の舌が口内を奥深くまで蹂躙《じゅうりん》して、琉璃は思考すら定まらなくなる。濡れきった表情で見上げる琉璃に目を細めて、桧室は顔じゅうに淡いキスを振らせた。鼻先で耳朶《じだ》を擽って、甘い脅しを落としてくる。

「大人の我慢を、よくも無に帰してくれた」

悪い子にはおしおきだ……などと、愉快そうに怖いことを言う。

「敞之……さん？」

琉璃が濡れきった瞳を瞬くと、桧室の口許に悪戯な笑み。ふいに身体が浮いた。

「……っ！」

琉璃の痩身を抱き上げて、桧室が足を向けたのはバスルームだった。まるでホテルのようなつくりで、浴室の奥にはミストサウナまである。ジャグジーつきのバスタブは大きくて、大人何人かで入っても余裕がありそうだった。

そのバスタブに、すでになみなみと湯が張られていて、浴室はもうもうとした湯気に満たされている。

あんな連中に触られて気持ち悪かったから、湯を浴びられるのは嬉しいのだけれど、でもこの状況は……。

「あ、あの……っ」

何をする気……？ と琉璃は不安いっぱいに桧室を見上げた。

「不用意に大人の理性の箍《たが》を外したのは琉璃だ。それがどんなに怖いことか、教えるのも恋人の役目だ」

なんだかわかるようなわからないような理屈を述べて、桧室は琉璃を浴室の床に下ろす。キスで腰が立たなくなっていた琉璃は、その場にへたり込んだ。

その琉璃に手を伸ばしてきた桧室は、有無を言わさず着衣を剝ぎにかかる。

「や……っ」

逃げようとしても許されない。桧室の腕に捕まって拘束され、口づけで抵抗を奪われる。

「ん……ふっ」

口内の感じやすい場所を舐《ねぶ》られて、琉璃は思考を霞《かす》ませた。

「キスだけでこんなになって……いけない子だ」

理性と分別という名の枷《かせ》から解き放たれた桧室は、キチクさすら感じさせる牡《おす》の本能のままに琉璃を貪《むさぼ》りはじめる。

いったいどんな手際のなせる業なのか、気づけば琉璃は薄い下着一枚の上にはだけたシャツ一枚を纏ったただけの姿に剝《む》かれていた。

「あ……」

かぁぁ……っ！　と白い肌が薄桃色に染まる。

薄い下着の生地の上から、桧室の手が琉璃自身を撫でた。そこはすでに兆していて、下着をいやらしく押し上げている。

「僕……僕……っ」

どうしよう……と半泣きで桧室を見上げると、「大丈夫だ」と額に唇が押し当てられた。

「可愛いよ、琉璃」

全部自分が教えてやると、桧室が瞳の奥に静かな情欲を過らせる。この目が見たかったはずなのに、いざとなると怖くて、琉璃は広い胸に縋った。

湯気で肌に張りつくシャツを肩から落とされ、先走りの蜜《みつ》液に汚れてしまった下着を細い脚から引き抜かれて、一糸纏《まと》わぬ生まれたままの姿を曝す。

こんなに恥ずかしいものだとは思わなかった。好きな相手でなければ、こんなの耐えられない。自分を売り物にすることの意味をようやく理解して、琉璃は「ごめんなさい」と詫びた。自分はなにもわかっていなかった。桧室じゃなきゃ、こんなことできない。

泣きじゃくる琉璃をキスであやしながら、桧室はボディソープのボトルに手を伸ばす。そして、琉璃の敏感になった肌に塗りたくりはじめた。

「や……んんっ」

頭のてっぺんからつま先まで、全身をボディソープの泡に包まれて、大きな手に身体の隅々まで撫でられ、探られる。

洗っているのか、妙なプレイなのか。わからない状況だが、琉璃にはそれを指摘できる余裕も経験値もなかった。

シャワーの湯が降り注いで、全身を包んでいた泡を洗い流していく。

洋服を着たままの桧室は濡れねずみで、けれどそれが妙に色っぽかった。大人の男の艶を見せつけられて、琉璃はドクリ……と心臓を跳ねさせる。

くたり……と力を失くした琉璃の痩身を湯の流れるバスルームの床に横たえて、桧室はその場で濡れた衣類を脱ぎ落としはじめる。肌に貼りつくワイシャツに難儀しながら袖を引き抜いて、現れたのは思いがけず鍛えられた肉体だった。

そういえば、琉璃を凌辱しようとしていたチンピラたちを一撃でのしていた。武道か何かの心得があるのかもしれない。

降り注ぐミストシャワーの湯の心地好さのなか、はじめて知る情欲に震える肉体を持て余して、琉璃は痩身をくねらせる。

身の内に沸き立つ欲情をどうしていいかわからないのだ。

桧室が上体をかがめてきて、琉璃は救いを求めるように手を伸ばす。その手をとって指先に口づけ、桧室は琉璃の膝に手をかけた。

太腿《ふともも》を開かれ、兆した欲望を露わにされる。

桧室の手前、手を伸ばすこともかなわず、しとどに蜜を零すに任せていた、淡い欲望。

「や……っ、あ……ぁっ！」

震えるそれに手を伸ばされ、先端を弄《いじ》られただけで、琉璃は達してしまった。桧室の手を汚してしまったことに気づいて青くなるものの、次いで桧室がとった行動に仰天するあまり、それどころではなくなった。

「敵之…さ……？　や…ぁ、んんっ！」

放ったばかりで敏感になった琉璃の欲望を、桧室が口腔に捕えたのだ。舌に舐られて、琉璃は細腰を跳ねさせる。それを、腰骨を掴む大きな手で押さえつけて、桧室は琉璃の欲望を蹂躙した。

若い欲望は新たな蜜をあふれさせ、歓喜に震える。滴たる蜜液が伝う先、濡れる後孔《こうこう》に指を伸ばされても、琉璃にはどうにもできなかった。

濡れそぼつ入口を指先に擽られ、腰が跳ねる。同時に前を強く吸われて、白い喉から悲鳴にも似た嬌声《きょうせい》が迸《ほとばし》った。

「あ……ぁっ！」

後孔を長い指に探られて、未知の感覚が痩身を襲った。そこで繋がることはわかっていても、初心な肉体には恐怖を伴う。だがそれ以上に、未知の体験への期待と興味が勝っていた。

情欲に震える淡い欲望を口淫《こういん》であやしながら、桧室は後孔を暴きはじめる。長い指で感じる場所を探り当て、容赦なく押し上げられた。

「ひ……っ！」

内側から押し寄せる快感が射精感だとわかって、目を見開くものの、抗《あらが》う術はない。

「や……だめ……っ、んんっ！」

直接的に触れられていないにもかかわらず、桧室の視界のなか、琉璃は達した。薄い体液が白い腹を汚す。

感じる場所を穿《うが》つ長い指を、蕩《とろ》けはじめた後孔がせつなく締めつけて、その快楽に素直な反応に、桧室が口角を上げた。

指が引き抜かれる刺激にも、初心な肉体が震える。

力を失った痩身を、桧室の腕が引き上げた。広い胸にすっぽりと包まれて、ホッと安堵する。だが、桧室の腰をまたぐ恰好で腰を引き寄せられて、その意図を察した。

「……え？　あ……」

うそ……と声にならない驚き。

猛々《たけだけ》しい欲望が、下から琉璃の後孔を狙《ねら》っている。先端を入口にこすりつけられて、背筋をゾクリ……と悪寒にも似た感覚が駆け抜ける。

「あ……んっ」

甘ったるい吐息が零れた。

首筋を高い鼻梁に擽られ、耳朶を食《は》まれる。

身体の力が抜けて、そのタイミングを見計らったように、腰を落とされた。ズッと桧室自身が侵入をはじめる。

「あ……ぁっ、……っ」

自重でじわじわと受け入れるものの、苦痛に腰が逃げる。それを大きな手に阻まれて、下からズンッと突き上げられた。

「ひ……ぁっ！」

細い背を撓《しな》らせ、白い喉を仰《の》け反《ぞ》らせて、悲鳴を迸らせる。だが桧室は容赦なく、琉璃の最奥《さいおう》までを暴いた。

「痛……っ、あ……ぁっ！」

思わず広い背に縋っていた。赤子をあやすように、大きな手が震える背を撫でてくれる。

「琉璃」

間近に名を呼ばれて、涙に濡れた瞳を上げる。すぐ目の前に桧室の端整な面があって、カッと頬が焼きついた。

間近に感じ入る顔を見られる羞恥。

桧室の瞳に滲む欲情に気づいて、ますます身の置き所がなくなる。

無意識に逃げを打つ痩身を、桧室は許さない。ようやく馴染みはじめた腰を揺すられて、甘い嬌声があふれた。

「や……んんっ、は……っ」

下からの突き上げに合わせて、本能的に腰を揺らしていた。

やがて、羞恥を感じる余裕もないほどに、激しく揺さぶられる。仰け反る白い喉に嚙みつかれ、縋った背に爪《つめ》を立てる。

「あ……ぁっ、んんっ！　や……んっ！」

肌と肌が密着して、鼓動が重なる。ミストシャワーの湯音にもかき消されない粘着質な音が鼓膜を焼いて、琉璃は思考が白く染まるのを感じた。

「——……っ！」

放埓《ほうらつ》に跳ねる痩身を、桧室の腕が力強く抱きしめる。

「あ……ぁ……っ」

半ば放心状態で喘《あえ》ぐ痩身を、桧室の猛りが穿つ。達したばかりの肉体は過敏に反応して、初心な肉体に苦痛なほどの快楽をもたらす。

最奥を突かれて、放ったばかりなのに、またも喜悦が沸き起こる。

余韻に震える肉体の深い場所で、滾《たぎ》る欲望が弾けた。最奥を汚される背徳が快感となって、さらなる欲望を生む。

「や……どうし、て……」

達したはずなのに、また反応してしまう己の肉体の浅ましさに、琉璃は大きな瞳に涙を溜める。その表情を間近に堪能する男のほうも、とうに理性の限界を迎えていた。

力を失わない欲望が引き抜かれ、琉璃は甘ったるい吐息とともに背を震わせる。ぎゅっとしがみつくと、ふわり……と身体が浮いた。

そのままバスルームを連れ出され、ベッドルームに場所を移される。バスタオルに包まれた身体を広いベッドにそっと横たえて、桧室は間接照明のなか、情欲に染まった琉璃の肉体を視姦《しかん》した。

バスタオルを剝ぎ取られ、すでに一度後孔に受け入れたことで情欲に染まる肌が曝される。初心さが淫《みだ》らさに通じて、男の目を愉しませる。

広いベッドに背を沈ませた恰好で、膝を割られる。桧室のものに汚された場所を曝されて、琉璃は思わず顔を背けた。恥ずかしいのに、でも身体は反応していて、そのすべてを桧室に見られている。

「琉璃」

顔を上げなさいと命じられて、恐る恐る視線を向ける。後孔にひたり……とあてがわれる、猛々しい強直が視界に飛び込んできた。

「あ……」

怖いのに、目が離せなくなる。

琉璃に見せつけるようにゆっくりと、桧室は腰を進めてくる。

滾る欲望が、じわじわと腹を満たす。苦しくて、でも嬉しい。一番敏感な場所で、桧室の欲望を感じている。

「奥……いっぱい……」

たどたどしく呟く。好奇心に駆られるままに、琉璃はその場所に手を伸ばした。健気《けなげ》に広がった琉璃の後孔を穿つ欲望の力強さ。指を這わせて、その熱を確認する。

「いけない子だ」

そんなことを教えた覚えはないと、桧室が目を細める。愉快そうに口角を上げて、琉璃の手を拘束した。

「あ……んっ」

両手首を頭上に縫いつけられ、自由を奪われる。

その状態で律動を早められて、広い背に縋れないもどかしさと同時に、荒っぽく扱われる喜悦を知った。

「ひ……っ、あ……ぁっ、あぁ……っ！」

腰が浮くほど荒々しく突き上げられ、視界がガクガクと揺れる。奔放な声はとめどなくあふれ、琉璃は快楽に身悶《みもだ》えた。

頂に追い上げられ、白い太腿で攻める男の腰を締めつける。

「――……っ！」

「……っ」

ほぼ同時に達して、最奥に注がれた情欲が、繋がった場所からあふれた。

腕の拘束を解かれ、広い背にぎゅっと縋る。余韻に震える痩身を、桧室の手がやさしく撫でる。

でもそれは、次なる欲情への呼び水にしかならない。繋がった場所で、桧室自身も猛々しさを残しているのがわかる。

「敞之…さ、ん……？」

また？　と驚きに満ちた瞳を上げる。

もはや指一本動かすのも苦痛なくらい、琉璃の肉体は疲労している。それでも身体の中心には、消えない情欲の熾火《おきび》。

煽《あお》られたら、また熱を上げてしまう。はじめてなのに、こんなに感じるのが怖い。

「待…って……、んんっ！」

もう無理……と懇願する唇は、咬《か》み合うキスに塞《ふさ》がれた。口腔を犯されて、琉璃の身体から力が抜ける。蕩けた後孔が、また切なく桧室を締めつける。

「愛しているよ」

合わせた唇に、直接注がれる告白。琉璃は大きな瞳を見開いて、間近に注がれるやさしい瞳を見上げた。

「大切にする。一生」

琉璃の人生に責任を負う覚悟があると、もはやプロポーズにしか聞こえない真摯《しんし》な言葉。

嬉しくて嬉しくて、涙腺《るいせん》が崩壊したかのように、涙があふれた。それをキスで拭ってくれながら、桧室が返答を求めてくる。

「僕も……大好き」

一生傍にいさせてくださいと、広い背を抱き返す。

しっとりと合わされる口づけ。情熱を高めるそれが、やがて貪り合うものへと変わる。桧室に教えられるままに口腔を明け渡し、身体を拓《ひら》く。

広い胸に引き上げられる恰好で余韻にまどろみ、求める肉欲に抗わず抱き合う。半ば意識を飛ばすように眠りにつくまで、いったい何度抱き合ったのか。

翌朝、琉璃は桧室の腕に包まれた恰好で、射し込む朝陽のなか、目を覚ました。

幸福すぎて、どうしようかと思った。

口づけられて、涙があふれた。

この感動を伝えたくて、琉璃ははじめて自分からキスをした。桧室の目が驚きに見開かれるのが、少しだけ愉快だった。

エピローグ

桧室が琉璃のために用意したマンションは、結局ふたりの新居になった。

高校卒業を待たず、琉璃は桧室と暮らしはじめ、《蔓薔薇の家》にはアルバイトとして通う生活。与えられた仕事はこれまでどおりの雑用で、キャストの皆の食事をつくったり、掃除をしたり、あとは支配人の卯佐美の手伝いが主なところだ。

桧室は、《蔓薔薇の家》の在り方に梃入れする方針で、今後は卯佐美に経営を任せるつもりだという。そのために、卯佐美は日々宇條からレクチャーを受けていた。

卯佐美は、あのあとひどく憔悴《しょうすい》した様子で、琉璃に詫びてくれた。琉璃を利用して、問題会員を退会に追い込む証拠を掴もうとしたのだとちゃんと話したうえで、今後は自分の仕事を手伝ってほしいと言ってくれた。

琉璃が快諾したのは言うまでもない。

あのときの騒ぎの真相はといえば、琉璃を連れ出した問題会員の後ろ盾となっていた政界の重鎮にかかわる脱税と麻薬密売の摘発で、宇條が対峙していた相手は厚生省の麻薬取締官と、そして検察庁の特捜部だった。

情報提供の上、水面下で取引したのだと言う。

きっかけをつくったのは卯佐美だったが、そもそも以前から《蔓薔薇の家》を守る手段として、桧室と宇條が進めていたことで、実行が早まったために若干の懸念はあったようだが、それも結局、検察特捜部のがんばりで問題なく終結したらしい。

らしい……というのは、結局のところ、琉璃には詳しいことが教えられていないから。

というのも、まだ高校生で、社会の仕組みをわかっていない琉璃には理解できない部分も多く、大学入学を待って、支配人ともども宇條の教えを乞《こ》う予定になっている。

宇條としては、秘書というより、桧室のビジネスパートナーの側面が強く、できれば早々に秘書役から解放されたいらしい。

「あと四年は辛抱します」というからには、後釜《あとがま》に琉璃を据える気満々のようだ。

ちなみに、今回の一件で厚生省と検察庁を巻き込むことがかなった背景には、宇條のパートナーが関係していたらしいが、こちらも詳しくは聞かされていない。琉璃が興味を示すと、宇條の冷たい一瞥が飛んできて、震え上がるしかないからだ。宇條に遠慮なくあれこれ訊けるような心臓は持ち合わせていない。

そのうち、ユウキかアサギあたりが、きっと聞き出してくれることだろう。

そのユウキも、最近は支配人を手伝っているらしく、キャストとしての仕事はセーブしている様子だった。

アサギだけが相変わらずだ。いったいいつになったら、身請け話に頷くつもりなのだろう。


そして琉璃は、《蔓薔薇の家》で「アリス」と呼ばれることはなくなった。

桧室琉璃になったからだ。

養子ではなく、婚姻だと桧室は言った。

琉璃が高校を卒業したら、海外で式を挙げる約束になっている。


お彼岸に桧室が琉璃を連れ出したのは、琉璃の両親と桧室の両親、そして亡祖父——有栖川翁《おう》の墓参りだった。

互いの両親に報告をして、最後に亡祖父の墓前に立った桧室は、難しい顔をしていたものの、線香を立て、静かに手を合わせた。

「琉璃に会わせてくれたことには、感謝している」

墓前でそんなことを言って、でもその声はおだやかだった。桧室の内で、何かが変わりはじめているのかもしれない。

「ひとつお願いがあるんですけど」

桧室が腰を上げたタイミングで、琉璃は以前から思っていたことを切り出した。

「なんでも言うといい」

いずれは琉璃をビジネスパートナーとすべく厳しく接するようにと宇條に言われているものの、ついつい甘くなりがちな桧室が応じる。

この場に宇條がいたら睨まれているなぁ……と胸中でひっそりと笑いを嚙み殺しながら、琉璃は真剣な顔で傍らの桧室を見上げた。

「僕が大学を卒業したら、有栖川の家で暮らしませんか？」

せっかく桧室が用意してくれたマンションだけれど、有栖川翁が桧室に残した屋敷が、使用人にも暇を出して、今は空き家になっている。

代々つづく有栖川家の邸宅だ。純和風の屋敷は、放置しておくにはもったいないし、何よりあそこには仏壇もある。

桧室には思うところがあるだろうが、琉璃は桧室に有栖川の血から目を背けてほしくなかった。

「琉璃がそういうのなら」

思いがけず、すんなりと受け入れられる。

が、墓前であることなどかまわず琉璃の肩を引き寄せた桧室が耳元に唇を寄せて、「広い家は怖くないか？」と囁いた。

「……え？」

有栖川の家は歴史的価値を見出せるほどの日本建築だ。そういう家には、たいてい何かがいる……と、桧室の言葉に耳を傾ける琉璃の顔が蒼《あお》くなる。

それを見た桧室が愉快そうに口許をゆるめるのを見て、琉璃はムッと唇を尖らせ、眉を吊り上げた。

「意地悪言わないでくださいっ！」

琉璃の憤りを、桧室は愉快な笑いとともに受け止める。

振り上げた拳はたやすく制されて、瘦身は広い胸に抱き込まれた。

「ちょ……、こんな場所で……」

「こんな場所だからさ」

その報告に来たのだから……と笑って、のうのうと口づけてくる。

「……んっ、もう……罰が当たっても知りませ……」

結局、桧室の手管に流されて、琉璃は青い空の下、愛しい背を抱き返す。

幸せすぎても涙は零れる。

悲しい涙と違って甘いのだと、琉璃の頬を伝う涙をキスで拭いながら、桧室が囁いた。

敏腕秘書の
多忙な日常

宇条《うじょう》が、仕分けした郵便物と決裁書面を表示したタブレット端末を手に社長室のドアをノックすると、なかからの応《いら》えがない。かまわず開けると、桧室《ひむろ》は電話中だった。

宇条を見て、置いていくようにとジェスチャーで指示する。

「そうですか、ありがとうございます」

どうやら色よい返事が得られたらしい。

桧室がなんの電話をしているのかといえば、仔《こ》ライオンとのツーショット撮影ができるかどうか、動物園に確認をとっているのだ。

大学生になろうかという恋人とのデートに動物園とは……遊園地もどうかと思ったが、聞けば琉璃《るり》の想《おも》い出の場所だったとかで、それはまぁいいだろう。

だが、動物園とは……。水族館なら、ナイトパスもあるし、大人も楽しめるのではないかと思うのだが、桧室は動物園に妙にこだわっている。

琉璃が仔ライオンを抱っこしたいと言っている、とのことだが、仔ライオンを抱っこする琉璃の可《か》愛《わい》らしい姿を自分が見たいだけではないのか？　と宇条は内心で失笑を禁じ得ない。

次いで桧室は、パソコンに向かって何やら検索をはじめる。

宇條がディスプレイを覗《のぞ》き込むと、航空会社のチケット購入ページが開かれていた。

南紀白浜《なんきしらはま》……？

羽田から南紀白浜空港へのフライト便が表示されているのを見取って、宇條は眉間《みけん》に深い皺《しわ》を刻んだ。

仔ライオンを抱っこするために、いったいどこまで行こうとしているのだ、この人は！

「社長？　とうぶん、お休みはないと申し上げたはずですが？」

和歌山まで遊びに行っている暇はないと、今まさに購入ボタンを押そうとしている上司を止める。

「わかっている。温泉に二、三泊したいところだが、しかたないから日帰りだ」

朝一の便で飛んで、夕方の最終便で戻ってくる。南紀白浜空港から動物園はものの五分の距離にあるから、時間のロスはない。

などと、一見まっとうなことを言っているように聞こえるが、冷静に考えればありえないスケジューリングだ。琉璃だって疲れるだろう。

ビジネスマンとして、これ以上の才能はないと惚《ほ》れこんで今日までついてきたが、この脂下《やにさ》がりようは予想外だった。

よもや年若い恋人に、これほど骨抜きにされようとは……。

とはいえ、仕事が滞っているわけではないから、絶対にダメだとも言いにくい。なにより、琉璃が喜んでいるのなら、邪魔するのは可哀想《かわいそう》だ。宇條も琉璃は可愛い。

が、琉璃が仔ライオンを抱っこするためだけに南紀白浜まで行きたいと果たして言うだろうかと問えば、それは完全にNOだ。桧室の手前、遠いとも疲れそうとも面倒《めんどう》くさいとも言わないだろうが、なにもそこまでしなくても……と思うだろうことは想像に難くない。

これが温泉旅行を兼ねてでもいれば話が別だろうが、日帰りとなれば、桧室に無理をさせたのではないかと琉璃が気に病むのは目に見えている。

万事敏《さと》くて目端が利いて、実に有能な男のはずなのに、なぜその程度のことに気づけないのか。完全に目が曇っているとしか思えない。

とにかく、年若い恋人がどうしたら喜んでくれるだろうかと、それればかり考えているのだ。

すったもんだの末、おさまるところにおさまったとはいえ、その過程で琉璃を泣かせたことを、桧室は当人がそうと自覚する以上に気に病んでいる。その結果の行動がこれだ。

そのあたりはたぶん、琉璃にも伝わっているだろう。そして、そんなに気にしなくてもいいのに……と、また少年に気遣わせることになるのだ。

タイミングを見て、桧室に釘《くぎ》を刺さなくては……と少し前から思っていたのだが、そろそろ潮時かもしれない。

「どうせ行かれるのでしたら、温泉で一泊なさいませ」

しょうがない……と胸中で長嘆をつきつつ提案する。琉璃が気に病むよりはいくらかマシだ。

「休みはないと言ったのはおまえだろう？」

いまさっきそう言ったではないかと桧室が怪訝《けげん》そうに言う。

「ええ、そうですね」

誰のせいだ！　と怒鳴りたいのをぐっとこらえ、眼鏡《めがね》のブリッジを押し上げる。桧室の頬《ほお》を、たらり……と冷や汗が伝った。ようやく宇條が不機嫌であることに気づいたらしい。色ボケもたいがいにしろと言いたい。

「なら一緒に休暇を――」

宇條も休暇をとってはどうか……と呑気《のんき》な提案を寄越《よこ》すのを、ぴしゃり！　と遮る。

「とれるものならとっています」

自分だって休みたい。だが、自分と桧室が一緒に休暇をとってしまったら仕事が止まる。

やはりユウキを《蔓薔薇の家》から引き揚げて、今からでも幹部に育てるべきかもしれない。そうすれは、四年後に秘書業を琉璃に引き継ぐのと合わせて、かなり楽になるはずだ。

「そう……だ、な」

桧室が口許《くちもと》を引き攣《つ》らせつつ返す。

「ともかく、まずは琉璃さんの意見を聞いてからになさってください。なんでも勝手に決めていたら、そのうちついていけないと言われますよ」

あの琉璃のことだから、ぜったいにそんなことは言わないだろうが、多少の灸《きゅう》にはなるだろうと指摘する。思った以上に効果があった。

「そうか……」

そうだな……と考え込んだかと思いきや、桧室は宇條が積み上げた郵便物と決裁書類、確認の必要のあるメールやＦＡＸなどを、猛スピードで処理しはじめる。

そもそも仕事の早い男がさらなるやる気を出したらとんでもないもので、深夜までかかるだろうと思われた仕事が、ものの一時間ほどで終わった。

桧室のやることだからまず間違いはないが、一応は確認をして、それで宇條の仕事も終わる。予定外に早く帰宅できることになって、宇條は宇條で戸惑った。

そんな秘書を執務室に残して、桧室は「あとを頼む」と大股《おおまた》に部屋を出ていく。

「お疲れさまでした」

可愛い恋人の待つ家なら、急いで帰る意味もある。

一方で宇條は、時計を確認して、前倒しでやっておくべき仕事を頭のなかのファイルから抜き出した。

あいにくと宇條のパートナーは、急にこちらの時間が空いたからといって、スケジュールを合わせられるような仕事をしていない。

その結果として、宇條もワーカホリック気味にならざるをえないのだが、仕事が生きがいであり趣味でもある宇條にとっては、苦でもなんでもない。

桧室の世話から解放されたことだし、デスクワークに集中することにしようと、自身の執務室のドアを開ける。

パソコンに向かって、いくらも経《た》たないタイミングだった。

デスクで充電していたスマートフォンが着信を知らせて鳴った。ディスプレイに表示されているのは、琉璃の名だ。

案の定……と、宇條はひとつため息をついて、そして応答ボタンをタップする。『お忙しいところすみません』と、琉璃のひそめた声が鼓膜に届いた。

「どうなさいました？」

務めて平静に、宇條は応答する。琉璃は、首を竦《すく》めてビクビクしている姿が目に見えるような細い声で、予想どおりの内容を紡いだ。

『あの……敵之《たかゆき》さんが、温泉旅行に行こうって……一泊で南紀白浜に……大丈夫なんでしょうか？』

ほらやっぱり。

琉璃に余計な気を遣わせるはめになっているではないか。

ため息をつきたい気分だが、ここで自分がそんな態度をとったら、琉璃がますます恐縮する。怯《おび》えさせたいわけでも、苛《いじ》めて泣かせたいわけでもない。

「無駄な気を遣って日帰り旅行を計画しておいでしたので、私が一泊旅行をお勧めしました。すでに予定がおありでしたら、遠慮なくお断りになられたほうがいいですよ」

今後のためにも、そういう我慢はしないほうがいいと助言する。気を遣い合っていては、いずれ疲れてしまうものだ。

『いいえっ、予定なんてありませんっ』

桧室と一緒ならなんだって楽しいと言わんばかりの反応だ。

『でも、お忙しいんじゃないかと思って……』

嬉《うれ》しいけれど、でも桧室の身体《からだ》が心配だと言う。

「無理に日帰りするより、一泊なさったほうが疲れもとれるでしょう。宿はともかく、フライト中はゆっくりとお休みになられてください」

宇條の含みのある提案に、顔は見えずとも、琉璃が頭のてっぺんまで真っ赤になっている様子が目に浮かぶ。初心《うぶ》な反応が可愛らしいのは十代までだ。遠い過去の話だな……などと、つい自分を振り返ってしまった。

温泉宿で恋人同士が楽しむアイテムのあれやこれやなど、宇條にとってはどれもこれもいまさらなものばかりだ。

『は……い』

ありがとうございます……と、琉璃が通話を切る。桧室のためにコーヒーを淹《い》れるついでに、キッチンあたりから隠れて電話してきたのだろう。

「もう少し強くなっていただかないと」

四年後には、桧室の手綱を握ってもらわなくてはならないのだ。カカア天下上等、尻《しり》に敷くくらいの気持ちになってもらわなくては困る。

そのあたりは、いずれ時間が解決してくれるだろう。

これでようやく仕事に集中できる……と、パソコンに向かう。ものすごいスピードでキーをたたいて、だが集中していられたのは一時間ほどだったろうか。

またも宇條のスマートフォンが着信を知らせた。ディスプレイに表示されているのは、《蔓薔薇《つるばら》の家》のナンバー。

個人的な話なら、各自携帯電話からかけてくる。それなりの理由がなければ、代表ナンバーから連絡など寄越さない。

『夜分に失礼いたします』

電話の声は、支配人の卯佐美《うさみ》だった。

『アサギがお客さまとトラブルを起こしまして』

「トラブル？」

アサギがトラブルを起こす相手など、ひとりしかいない。専属契約をしているパトロンだ。デビュー と同時に契約して、以来ずっとアサギはその客にしか買われていないと聞いている。

「痴話喧嘩《げんか》じゃないのですか？」

宇條が呆《あき》れ半分、指摘すると、卯佐美も電話の向こうで「ええ、まぁ」といくらか口調をゆるめた。

だが今日は、いつものトラブルとは多少様子が違ったらしい。

『軽傷なのですが、お客様が怪我《けが》をなさいましたので、念のためご報告を……と思いまして』

ドクターに往診をお願いしました、という。ちなみに今現在の専属の医師も、《蔓薔薇の家》のOBだ。

痴話喧嘩がいつもより派手だったということか？

「怪我？」

『アサギが果物ナイフをふりまわしたようで』

「刃傷沙汰《ざた》ですか」

勘弁してください……と、額に手をやる。痴話喧嘩にしては派手すぎだ。

「原因はわかっているのですか？」

経営側で対処できるような問題なら改善しなくてはならないが、本当に単なる痴話喧嘩なら、こちらではどうしようもない。もう本当に、さっさと身請けされてくれればいいのに。

『アサギに訊《き》いても、何も言いません』

「お客さまは？」

『自分がアサギを怒らせたのが悪いのだ、とだけ』

犬も食わないようなものを、おすそ分けされても困る。

「お客さまにその気がないのなら、報告書の類《たぐい》は不要です。事実ごと抹消してください」

自分が指示せずとも、もとより卯佐美はそのつもりだろうと思いつつ、一応伝える。

『そのようにいたします』

卯佐美も、慌てず騒かず、冷静に応じた。

「近いうちに、アサギを素直にさせる方法を、考えたほうがよさそうですね」

『素直にさせる方法、ですか……？』

そんなことをせずとも、客のほうが強引にさらってくれればいいのだが、アサギに甘いのか、何か理由があるのか、身請けの希望はもう何年も前から出ているのに、一向にその気配がない。

『それができれば苦労はありませんが……』

卯佐美がしみじみと言う。

日々、いかにふりまわされているかがわかる反応だ。

『意地を張っているだけだと思います。何かきっかけがあれば……』

「だからといって、客に怪我をさせるのは論外です。治療費はアサギの取り分から引いて置いておくように」

卯佐美は、硬い声で『そのようにいたします』と応じる。そして、『お忙しいところ、お騒がせいたしました』と通話を切った。

スマートフォンを充電器にもどして、ひとつ深い息をつく。

桧室が有栖川《ありすがわ》の遺産を受け継いでからというもの、どうにもこういった雑用が増えている気がしてならない。宇條の本来の役目は桧室のビジネスパートナーであって、なんでも相談所ではない。

あと少し、きりのいいところまで終わらせたら、自分も帰宅することにしよう。汗を流して寝るだけだが、やはり自宅のベッドで眠るほうが疲れが取れる。

時計を確認すると、すでに日付が変わっている。もっと早くに終わらせるつもりでいたのに、思わぬ邪魔が入った。

とはいえ、宇條は頼られるのが嫌いではない。琉璃も卯佐美も、そうは見えないかもしれないが可愛がっているつもりだ。

あと十分で片が付く、というタイミングだった。

またも宇條のスマートフォンが着信を知らせて、宇條は大きな大きなため息をつく。

あと十分で終わるのだ。このタイミングで邪魔しなくてもいいだろうに……！

今度は誰だ？　ユウキか？　問題のアサギか？　それともまったくの別口か？

若干イラッとしながら取り上げたスマートフォンのディスプレイに、思いがけない名前とナンバーを見て、宇條は眼鏡の奥の涼やかな瞳《ひとみ》を見開いた。

「はい」

いぶかる声で応じた電話の向こうで、そんな宇條の反応に対する苦笑が零れる。そして、「予定外に時間が空いたんだ」と、突然の電話の理由を告げる。

「わかった」と短く応じた宇條は、あと十分で終わる仕事を、ノートパソコンごと持ち出した。

そのまま放置して飛び出していくような初心さはとうに忘れた。かといって、時間の大切さも知っている。アサギのように、無駄な意地を張る気もない。

オフィスビルを出ると、通りの向こうで見慣れた車がハザードランプを点滅させていた。

交通量の減った幹線道路を大股に横切って、助手席に滑り込む。宇條が手にしたパソコンを見て、ステアリングを握る男は、やれやれ……といった様子で肩を竦めた。

あとがき

こんにちは、妃川螢《ひめかわほたる》です。

拙作をお手にとっていただき、ありがとうございます。

娼館と聞いて、もっとこゆ～いお話を期待された方、いらっしゃいましたら申し訳ありません。琉璃《るり》の性格もあって、可愛いお話になりました。

最初はもっと違う内容のリクエストを担当様からいただいたのですが、プロットをいろいろこねくりまわしているうちになぜか娼館設定に……どこから出てきたのか、自分でももはや忘れてしまいました。

娼館ということは、ほかにも綺麗どころがたくさんいるわけで、脇キャラたちも楽しく書かせていただきました。皆さんは、メイン以外ではどのキャラがお好みでしたか？　お聞かせいただけると嬉しいです。

イラストを担当してくださいました高峰顕《たかみねあきら》先生、お忙しいなか素敵なキャラたちをありがとうございました。

桧室《ひむろ》の背後で銀縁眼鏡が光る宇條《うじょう》が素敵です(笑)。お目付け役の気苦労が知れる彼も、恋人の前では多少ゆるんだ顔をするのでしょうか。

妃川の今後の活動情報に関しては、ブログをご参照ください。

http://himekawa.sblo.jp/

Twitterアカウントもあるにはあるのですが、システムがまったく理解できないまま、ブログ記事が連動投稿される設定だけして、以降放置されております。

ブログの更新はチェックできると思いますので、それでもよろしければフォローしてやってください。

@HimekawaHotaru
皆様のお声だけが執筆の糧です。ご意見ご感想等、気軽にお聞かせいただけると嬉しいです。

どの脇キャラが好みですか？　なんて訊いておきながら、実は次作として、ユウキと支配人のお話を書かせていただくことになっています。高峰先生、二作お付き合いいただいて、ありがとうございます。

今作のキャラも登場すると思いますので、その後のラヴい日常をご所望の方にも、きっとご満足いただけるのではないかと思います。楽しみにお待ちください。

それでは、また。

次作でお会いしましょう。

二〇一五年六月吉日　妃川　螢

悪魔侯爵と白兎伯爵《あくまこうしゃくとしろうさはくしゃく》

妃川 螢
イラスト：古澤エノ

本体価格870 円+税

悪魔侯爵ヒースに子供の頃から想いを寄せていた上級悪魔の伯爵レネは、本当は甘いものが大好きで、甘えたい願望を持っていた。しかし、自らの高貴な見た目や変身した姿が黒豹であることから自分を素直に出すことができず、ヒースにからかわれるたびツンケンした態度をとってしまう。そんなある日、うっかり羽根兎と合体してしまい、白兎姿に。上級悪魔の自分が兎など…！　と屈辱に震えながらもヒースの館で可愛がられることになる。嬉しい反面、上級悪魔としてのプライドと恋心の間で複雑にレネの心は揺れ動くが…。

リンクスロマンス大好評発売中

悪魔大公と猫又魔女《あくまたいこうとねこまたまじょ》

妃川 螢
イラスト：古澤エノ

本体870 円+税

ここは、魔族が暮らす悪魔界。黒猫族で執事として悪魔貴族に仕えていたヒルダは主である公爵を亡くし、あとを追うために天界の実を口にする。しかし望んだ結果は得られず、悪魔の証でもある黒色が抜けてしまっただけ。ヒルダは辺境へと引っ込み、やがて銀髪の魔女と呼ばれるようになってしまった。そんな中、「公爵より偉くなったらヒルダを手に入れる」と幼き頃から大人のヒルダに宣言し、約束を交わしていた上級悪魔のジークが、大魔王となりヒルダを自分のものにするために現れて——。

シチリアの花嫁

しちりあのはなよめ

妃川 螢

イラスト：蓮川 愛

本体価格870円+税

遺跡好きの草食系男子である大学生の百里凪斗は、アルバイトをしてお金をためては世界遺産や歴史的遺跡を巡る貧乏旅行をしている。卒業後は長旅に出られなくなるため、凪斗は最後に奮発してシチリアで遺跡めぐりをしていた。そのとき、偶然路地で赤ん坊を保護した凪斗は拉致犯と間違われ、保護者である青年実業家のクリスティアンの館につれていかれてしまう。すぐに誤解は解けほっとする凪斗だったが、赤ん坊に異様に懐かれてしまった凪斗はしばらくクリスティアンの館に滞在することに。そのうえ、なにかとクリスティアンに構われて、凪斗は彼に次第に想いを寄せるようになる。しかしある日、彼には青年実業家とは別の顔があることを知り…。

リンクスロマンス大好評発売中

ゆるふわ王子の恋模様

ゆるふわおうじのこいもよう

妃川 螢

イラスト：高宮 東

本体870円+税

見た目は極上、芸術や音楽には天賦の才を見せ、運動神経は抜群。そんな西脇円華だが、論理はからっきし、頭の中身はからっぽのザンネンなオバカちゃんである。兄のように慕っている元家庭教師・桐島玲の大奮闘のおかげでどうにかこうにか奇跡的に大学に入学できた円華は、入学前の春休みにバリのリゾートホテルで余暇をすごすことに。そこで小学生の頃タイで出会い、一緒に遊んだスウェーデン人のユーリと再会するが…。

マルタイ ーＳＰの恋人ー

まるたい ーえすぴーのこいびとー

妃川 螢

イラスト：**亜樹良のりかず**

本体価格 855 円+税

来日した某国首相の息子・アナスタシアの警護を命じられた警視庁ＳＰの室塚。我が儘セレブに慣れていない室塚は、アナスタシアの奔放っぷりに唖然とする。しかも、彼の要望から二十四時間体制で警護にあたることに。買い物や観光に振り回されてぐったりする反面、室塚は存外それを楽しんでいることに気付く。そして、アナスタシアの抱える寂しさや無邪気な素顔に徐々に惹かれていく。そんな中アナスタシアが拉致されしまい…。

リンクスロマンス大好評発売中

鎖 ーハニートラップー

くさり ーはにーとらっぷー

妃川 螢

イラスト：**亜樹良のりかず**

本体 855 円+税

警視庁SPとして働く氷上は、ある国賓の警護につくことになる。その相手・レオンハルトは、幼馴染みで学生時代には付き合っていたこともある男だった。しかし彼の将来を考えた末、氷上が別れを告げ二人の関係は終わりを迎える。世界的リゾート開発会社の社長となっていたレオンハルトを二十四時間体制でガードをするため、宿泊先に同宿することになった氷上。そんな中、某国の工作員にレオンハルトが襲われ―?

LYNX ROMANCE

小説原稿募集

リンクスロマンスではオリジナル作品の原稿を随時募集いたします。

募集作品

リンクスロマンスの読者を対象にした商業誌未発表のオリジナル作品。
（商業誌未発表のオリジナル作品であれば、同人誌・サイト発表作も受付可）

募集要項

＜応募資格＞

年齢・性別・プロ・アマ問いません。

＜原稿枚数＞

４５文字×１７行（１枚）の縦書き原稿、２００枚以上２４０枚以内。
※印刷形式は自由。ただしＡ４用紙を使用のこと。
※手書き、感熱紙不可。
※原稿には必ずノンブル（通し番号）を入れてください。

＜応募上の注意＞

◆原稿の１枚目には、作品のタイトル、ペンネーム、住所、氏名、年齢、電話番号、メールアドレス、投稿（掲載）歴を添付してください。
◆２枚目には、作品のあらすじ（４００字～８００字程度）を添付してください。
◆未完の作品（続きものなど）、他誌との二重投稿作品は受付不可です。
◆原稿は返却いたしませんので、必要な方はコピー等の控えをお取りください。
◆１作品につき、ひとつの封筒でご応募ください。

＜採用のお知らせ＞

◆採用の場合のみ、原稿到着後６カ月以内に編集部よりご連絡いたします。
◆優れた作品は、リンクスロマンスより発行させていただきます。
原稿料は、当社既定の印税でのお支払いになります。
◆選考に関するお電話やメールでのお問い合わせはご遠慮ください。

宛先

〒151-0051
東京都渋谷区千駄ヶ谷４−９−７
株式会社　幻冬舎コミックス
「リンクスロマンス　小説原稿募集」係

LYNX ROMANCE

イラストレーター募集

リンクスロマンスでは、イラストレーターを随時募集いたします。

リンクスロマンスから任意の作品を選び、作品に合わせた
模写ではないオリジナルのイラスト（下記各1点以上）を描いてご応募ください。
モノクロイラストは、新書の挿絵箇所以外でも構いませんので、
好きなシーンを選んで描いてください。

1 表紙用カラーイラスト

2 モノクロイラスト（人物全身・背景の入ったもの）

3 モノクロイラスト（人物アップ）

4 モノクロイラスト（キス・Hシーン）

募集要項

＜応募資格＞

年齢・性別・プロ・アマ問いません。

＜原稿のサイズおよび形式＞

◆Ａ４またはＢ４サイズの市販の原稿用紙を使用してください。

◆データ原稿の場合は、Photoshop（Ver.5.0 以降）形式でＣＤ－Ｒに保存し、出力見本をつけてご応募ください。

＜応募上の注意＞

◆応募イラストの元としたリンクスロマンスのタイトル、あなたの住所、氏名、ペンネーム、年齢、電話番号、メールアドレス、投稿歴、受賞歴を記載した紙を添付してください（書式自由）。

◆作品返却を希望する場合は、応募封筒の表に「返却希望」と明記し、返却希望先の住所・氏名を記入して返送分の切手を貼った返信用封筒を同封してください。

＜採用のお知らせ＞

◆採用の場合のみ、６カ月以内に編集部よりご連絡いたします。

◆選考に関するお電話やメールでのお問い合わせはご遠慮ください。

宛先

〒151-0051 東京都渋谷区千駄ヶ谷４−９−７
株式会社　幻冬舎コミックス
「リンクスロマンス　イラストレーター募集」係

この本を読んでの
ご意見・ご感想を
お寄せ下さい。

〒151-0051
東京都渋谷区千駄ヶ谷4-9-7
(株)幻冬舎コミックス　リンクス編集部
「妃川《ひめかわ》 螢《ほたる》先生」係／「高峰《たかみね》 顥《あきら》先生」係

リンクス ロマンス

娼館のアリス

2015年6月30日　第1刷発行

著者……………妃川《ひめかわ》 螢《ほたる》
発行人…………伊藤嘉彦
発行元…………株式会社　幻冬舎コミックス
〒151-0051　東京都渋谷区千駄ヶ谷4-9-7
TEL 03-5411-6431（編集）
発売元…………株式会社　幻冬舎
〒151-0051　東京都渋谷区千駄ヶ谷4-9-7
TEL 03-5411-6222（営業）
振替00120-8-767643
印刷・製本所…株式会社　光邦
検印廃止

ISBN978-4-344-83467-5 C0293
Printed in Japan

本作品はフィクションです。実在の人物・団体・事件などには関係ありません。